GOBOOKS
& SITAK
GROUP©

GOBOOKS & SITAK GROUP©

三日月書版

三日月書版

A子不會預言自己死亡
Miss A Would Not Foretell Her Own Death
2
午夜藍
插画／A_mar
輕世代
FW341
三日月書版

「A子不會預言自己死亡」

Miss A Would Not
Foretell
Her Own Death

contents

第一章
風暴前的練習曲

Miss A Would Not Foretell
Her Own Death

孤挺花，花語：渴望被愛。

一如往常，這間咖啡店在平日夜晚沒什麼人。

背景音樂是老闆偏好的吉他民謠曲風，不大的店內裸露著淡紅磚牆，搭配木板拼製的家具及地板，以及牆上的數幅印象派畫作，其實我很喜歡老闆的品味。

但我每次都在想，為什麼要在狹窄的店內硬擺一臺鋼琴啊？冬天冷的時候沒有感覺，夏天就有點擁擠了。

加上九月初的夜晚帶著夏季尾聲的燠熱，讓我更加討厭這身管家風格的咖啡色制服。而且咖啡店的冷氣又開不強，稍微動一下就滿身汗。

不過學姐的身材倒是因為制服的皺褶而變得更加誘人，互相抵銷後還是原諒店長吧。

由於實在太無聊，為了避免頻頻打哈欠，我只好跟一旁偷滑手機的學姐開聊，用著一貫虛偽的笑容作為開頭。

「學姐，妳有沒有聽過『二重身』的都市傳說啊？」

她用看垃圾的眼神瞪了我一眼，以不耐煩的態度回應。

「有聽過啦，一個學弟就夠煩了，如果再多一個我大概會立刻辭職吧。」

祐希學姐的語氣還是一如往常辛辣，這反倒讓我十分放心。

暑假前我跟學姐共度了許多愉快的日子，雖然在那之後我算是拒絕了她，這似乎讓當事人非常不爽。

但在工作場合和大學都可能再見面，還是讓我們好好來往吧！想到此我笑得更開心了。

「有兩位學弟工具人就多一位呀，我倒是希望學姐有兩隻呢，這樣會有更多玩法。」想到嘴角都流口水了呢。

「你呀——」

只見她不慌不忙地將手上的手機轉向我，上面不知何時已切換成錄音軟體的畫面。

「我都錄下來了喔？告你一次賺的錢好像夠我吃喝一段時間。」

祐希學姐伸出手用力捏我的臉頰，痛得我趕快出聲喊冤。

「學姐誤會了呀！不考慮都市傳說壞的層面，有另一個自己肯定好處多多！」

學姊半信半疑地鬆開手。

「妳想想，光妳在玩的這些無聊手遊，每天都在重複做同樣的事情，如果讓妳的二重身代勞就好了呀。」

她皺眉思考了一下，認同似地點點頭。

「好像不錯，我實在不想再玩這些手遊了，總覺得每天的時間都這樣被吃掉了。」

那就別玩了呀！我收起笑容繼續說道。

「不過妳的二重身也得任勞任怨才行——這麼說來學姐的分身個性一定跟妳相反，有著好妻子的溫柔吧，不如就跟她交往囉。」

「你呀——」

暴力學姐的五指再次蠢蠢欲動，加大的音量使坐在附近的客人側目。

當然，這也包括本該在吧檯邊忙碌的型男大叔老闆，他笑著接近我們並開口。

「你們兩位，要談情說愛去外面談。還有徐祐希——別太明目張膽滑手機呀，再玩扣妳薪水。」

「對不起。」

只要是社會人都得對錢低頭，深諳其中道理的學姐乖乖道歉。

「唉，我常常後悔幹嘛雇用你們兩位，但窗邊那位老客人還是麻煩你了，松霖。」

「窗邊那位老客人」是最近老闆常用的調侃說法，聽語氣總覺得老闆好像也認識對方。

老闆將手邊的木盤轉移到我手上，仔細一看，是一杯熱拿鐵和巧克力鬆餅。

「晚上吃宵夜會胖喔。」

我的發言讓老闆笑出聲。

「這年齡還是多吃一點，而且她也太瘦啦。」

順著老闆的視線一同看去，「窗邊那位老客人」在那一貫的位置，穿著不確定哪所高中的制服，細長的手指正翻閱桌子上的厚書。

稱不上骨感，但絕對纖細苗條。我想起在頂樓拉住跳樓的少女，那時就感覺她輕得像張薄紙。

咖啡店及低頭讀書的黑長髮文靜少女，每次看都覺得像幅畫，但這是在不知道她為人如何的前提下。

「你女朋友還是很難搞耶。」

身旁的學姐拍了拍我的後背，她看著A子的表情始終有些警戒，畢竟曾發生過那樣的事情。

我倒是以開心的表情回應：「學姐有些誤會耶，我說過很多次了，我沒有在跟她交往，不如說我也很想。」

但學姐只是瞇眼瞪著A子，搖著手指不快地說：「我知道你這色鬼更愛女高中生的肉體啦，但學弟遲早會被吃掉喔，像蛇吞象那種吞法。這是我的直覺！」

妳也太怕小妳幾歲的這位高中生了，雖然A子的行為確實脫離正常人的範疇。

「我不知道你幹嘛突然提到二重身，不過你女朋友的分身——真難想像耶，那孩子有溫柔的一面嗎？」

「這個嘛——」

A子的表情和說話語氣常常是同一種，有時是能分辨出她很開心，但也僅此而已。

我懶得再跟學姐爭辯A子到底是不是我女朋友了，至於為什麼會突然提到二重身？這卻不是突發奇想的話題。

在我端著木盤去見A子的短短路途中，眼前突然冒出了一位少女。半透明的她泛著淡黃的光芒，彷彿融進背景的印象派黃昏畫作中。

「我才不是二重身呢！」

只限定我才能看到的「怪物」鼓著臉頰，氣噗噗地出現在我面前抗議。

看上去年輕貌美的怪物自稱小I，小腿勾起飄在半空中。

自現身的那晚開始便毫無變化，小I穿著鮮紅雨衣，隨身帶著一把透明傘。不只是蒼白的皮膚，就連雨衣以及雨靴都微微透著光。

她的打扮是有點特別，不管是我夢中的沙漠還是現實世界，明明都沒有下雨，她卻隨時穿著那套連身半透明雨衣。

而且雨衣裡面似乎空蕩一片，從這點來看，眼前的少女幾乎跟幽靈無異。

不過比起打扮——還是那像極了A子的長相，才是最讓我困惑的地方。

所謂的二重身都市傳說，簡單說便是在這世上有位跟自己長得一模一樣的人，一旦遇上對方便會橫死。都市傳說的邏輯就不用太在意了。

反正，我只是愉快地丟下一句話：「那妳倒是說說妳是什麼奇怪的東西？難道是百變怪？」

我果斷地穿過了她，不過美少女怪物又不死心地纏上來，在我耳邊碎碎念。

「如果是百變怪的話，眼睛只會有兩個黑點吧，可是我的大眼睛可是水亮亮的喔？不過爹地想要的話，我的外貌也能變得很卡通啦～」

爹地是她對我的特別稱呼，本人並沒有解釋原因，就姑且當作是因為我是孕育出她的父親吧。

少女畢竟是夢境的產物，要改變樣貌不難，不過這完全不是重點。

面對話這麼多的小I，我有點頭痛。

「妳呀，先給我滾回夢裡吧，我要去跟妳的本尊交談了喔。」

雖然透明如幽靈的她無法干涉現實世界，應該多少算是符合A子「怪物無法來到現實」的定義吧。

「小I就是小I，才不是A子！明明我就比她可愛多了！」

小I在我面前做了做鬼臉，才終於肯消失，正好我也走到了A子靠窗的座位前。

從一開始就意義不明，為什麼我家的怪物這麼聒噪？而且還長得這麼像面前的女高中生？

簡直就像與A子互補的二重身，所以我才想到那有名的日本都市傳說。

不過她卻是源自我靈魂的怪物。

假設怪物與宿主的心理狀況相關，自稱為小I的少女又代表著我內心何處的扭曲？這竟是連本人都無法理解的難題。

難道我潛意識想要A子像這樣煩我？不過——我還沒告訴A子小I的存在。不想見A子這點其實是小I的要求，背後的原因並不明，姑且也只能當作小I很討厭她了。

我放下心中的疑慮，將餐盤放到桌邊並對A子微笑。

「妳每次都在晚上喝咖啡，難道不會睡不著？」

加上一定要配店內昂貴的甜點，我都擔心她年紀輕輕就會胃食道逆流了。

「如果能不睡更好。」

A子只是輕啜一口咖啡，表情冷淡地回應。我觀察了這麼久，倒是覺得這態度很令人安心，她用字多時反而不會有好事。

「我看妳根本就不擔心失眠問題吧，至少我就拍過很多妳的睡相。」那幾張都是我的小小珍藏呢。

「是嗎？」就算面對男大生的騷擾，她也是一如往常地無動於衷。

不過這幾個月來我已經習慣自嗨了，至少要讓聊天延續下去，所以我立刻找了個新話題。

「開學前我就很想問了，妳暑假有沒有去哪邊玩？明明是難得的暑假——只有去那個地方繞繞嗎？」

A子看起來是真的很無聊，至少我在咖啡店見到她的機率粗估還是五成以上。雖然有應對方要求帶她去某地停留，卻也沒有超出大臺北範圍。以正值青春年華的女高中生來說實在太慘了，就算她平時的表現有多異於常人也一樣。

「哪邊都沒有去。」少女只是淡然地說道，舉起叉子插入鬆餅。

得到這個答案是不意外的結果，我還是進一步開口逼迫她。

「妳家看起來也很有錢，就算妳跟老爸感情不好，他也沒帶妳出去玩？」

A子的叉子並沒有停在半空中，但根據我累積一個暑假的觀察結果，她的內心其實已經有些波動。

不管再怎麼裝做沒有感情，那一瞬間少女的睫毛確實快速眨了一下。

「沒有，我跟他並非這種關係。」

小姐，妳話能不能說明白一點啊？

「不是那種關係，那是哪種關係？」我故意問道。

「隨你想像吧。」

錯。

A子始終沒隨我起舞，優雅地吃起鬆餅，從很多細節還是看得出她家教不

「不過。」鬆餅也是吞完後才開口，馬上就是一句神轉折。「最近要跟你出去玩，倒不是不行。」

「啥？」

反而換我傻住了，用力注視著少女漆黑深邃的雙瞳，卻完全讀不出情緒。最後我只能嘆口氣，揉著額頭說：「開學後有時間嗎？我以為妳是不翹課的乖寶寶呢。」

她點了點頭，不知道是同意哪個部分。

我懷疑A子在賣什麼關子，可是這場攻防我還是屈居下風。

畢竟祐希學姐說得對，是男人就很難拒絕跟年輕貌美的女高中生一起出遊。

這就叫欲擒故縱嗎？真是高段的手法啊。

「嗯，但要去哪裡玩——」

我的話尚未說完，耳邊突然傳來清脆的響聲。是店門口的風鈴，這代表有客人上門了。

A子不會預言自己死亡

但這次的來者，有一點不一樣。

那是位看上去和A子年齡相仿的少女，過肩的中長髮綁成典雅的公主頭，有著明亮的雙瞳以及吸引人的可愛五官。

在這盛夏結尾，少女套上輕薄的白外套，內搭淡藍小洋裝，最後穿了雙娃娃鞋，搭配那嬌小的身形，整體十分甜美。

可惜的是，少女進入店內時有些畏縮，視線低垂，似乎很沒有自信，因此減損了幾分氣質。

雖然欣賞正妹是男人的天性，這卻不是我內心泛起無數波瀾的原因。

「已經長這麼大了啊……」我收起笑容，喃喃自語了一句，移開視線瞥向一臉淡然的A子。

今夜的遭遇也在妳的預料中嗎？

公主頭少女視線飄動，似乎在找現場的誰。在我做出任何行動前，學姐已經先一步迎上客人了。

「您好，只有——一位嗎？」學姐的語句帶著猶豫，視線也飄向我這邊。

我立刻明白學姐動作僵硬的原因。因為學姐調查過某人，也難怪會知道少女的底細。

「不、不是，應該說我不是來喝咖啡的。」

呼應著缺乏自信的身體動作，少女講話也溫吞溫吞的，不是很敢直視對方。

「那，難道是——」

在尷尬的學姐搔著頭進一步說下去前，兩人間的對話被人打斷。

「用這種態度對客人不好吧，扣妳錢喔。」

「不要沒事就要扣員工錢啦！老闆！」雖然聽起來像玩笑，學姐還是出聲抗議。

我看了看角落的鋼琴，既然老闆有彈鋼琴的興趣，加上他也知道我的背景，或許認出了什麼吧，畢竟她現在的知名度——

「妳是袁藍華吧，那位知名的年輕鋼琴天才。」

老闆果然點出對方驚人的身分，袁藍華則默默點頭。

我雖然討厭媒體，卻特別關注她的發展。

少女叫做袁藍華，不過十六歲的高中生年紀就揚名全國。從國小就開始得到各種鋼琴比賽的獎項，本就可愛的樣貌加上突出的家庭，甚至還有廠商找她代言拍攝一些廣告。

「是、我是⋯⋯」

袁藍華的聲音越來越小，看來是真的不擅長應對。不過被稱為袁藍華的她，有著這熟悉的姓氏並非偶然。

她正是臺灣知名富豪袁長慶的寶貝女兒，也是當年的撕票案受害者——袁少華的親妹妹。

加害者與受害者的血親齊聚一堂，即使大部分的客人並沒有聽到對話，也不見得認得出我們，空氣中仍然瀰漫著說不出口的沉重。

袁藍華在被老闆認出身分後，又過了幾秒才發現站在窗邊的我，隨即對我這邊微微彎腰，姑且當作是致意吧。

她剛剛才從附近走來，怎沒透過窗戶看到逗留在窗邊的我？

看來袁藍華因為太敏感而過於內向的個性，在長大後也沒有改變，這點讓我有些憂慮。

「我……」她向我這邊挪動腳步，但只前進一些就停住。

少女欲言又止，想說些什麼，卻始終沒說出口。最後，只剩下那彷彿吞下所有負面情緒，以至於有些麻木的表情。

不只無形的牆擋在她與我之間，我們內心的想法也註定無法交集。

「學弟……」

連學姐都想講些什麼，我對她默默搖了頭。

做為「劉松霖」的我，其實很希望袁藍華能大聲指責我。但她沒有選擇這麼做，就連在袁少華的頭七上，當年的小女孩都只是默默落淚。

至於有著「袁少華」靈魂的我，則渴望著再聽到她一聲親暱的呼喚。

然而，在我成為劉松霖的一刻，便決定拋棄那個身分的所有了。自喪禮後，我沒有再去過袁家，更別說跟袁藍華有任何接觸。

本該是親哥哥的我，早已失去陪伴妹妹成長的資格。

所以我只能對她露出笑容，一如往常虛偽的、噁心的笑容，那是現在的劉松霖該有的反應。

「好久不見了，袁藍華。」

一旁的A子似乎盯著我。

披著少女皮的怪物明明沒有動作，卻彷彿在用眼神催促我做些什麼，我的後背因此滲出冷汗。

最後有所行動的卻不是我。袁藍華吸了口氣，以堅定的神情望向我們老闆，並深深鞠躬。

「咖啡店的老闆——這要求可能有點唐突，但可以請您幫我一個小忙嗎？」

所謂的一個小忙，我有猜到會是這種事情——畢竟我們是兄妹。

店內本來播放的吉他民謠被學姐默默關掉，我則故意繞去整理客人離去後的座位，偷偷觀察他們的動作。

袁藍華的請求，是彈奏一曲鋼琴曲。

老闆爽快地帶著少女來到放鋼琴的角落，並沒有特別介紹這位年輕的鋼琴家，只是點頭同意借出鋼琴。乍看之下像是避免怕生的袁藍華緊張，其實這是對她的考驗。

雖然袁藍華接過一兩次廣告，但或許人氣跟真正的公眾人物還是有段差距，加上方才畏縮的表現，並非所有的客人都有注意到鋼琴前的少女。

「大、大家好……」

而且以那怯懦的語氣，也很難與少女背後的無數獎項做出連結，就是如此沒分量的姿態。

「打擾各位了。今夜，我想彈奏一曲送給大家。我想藉由這首樂曲，將自己的心情傳達給某人。」

她唯唯諾諾地講完後，視線立刻慌張地四下游移，或許是在找我吧。

但我已經隨便找一張空桌坐下，隨手拿著從A子那邊幹來的厚書遮起一半的臉。

「要彈琴？這位小妹妹嗎？」靠近鋼琴的中年男客對袁藍華露齒微笑，多少帶點看不起的態度，讓她的肩膀又更加內縮了。

「是、是的……」

對於被調侃的袁藍華，老闆爽朗地出聲解危。

「老陳，到時可別嚇到跌下椅子啊。請開始吧。」

袁藍華對大叔老闆點點頭，在琴椅上坐定。嬌小的少女掀起琴蓋，先簡單彈奏幾個音。

「維持得很好呢。」袁藍華小聲說道。

「當然，它在等著像妳這樣的鋼琴家彈上一曲呀。」

「過獎了……」

或許老闆是故意開玩笑讓袁藍華放鬆一點，少女緊緊鎖住的眉頭逐漸舒緩。

但這還不夠，在正式開始彈奏前，她還有個例行動作。

所謂的例行動作，或許比較常出現在運動員身上，例如頂尖網球手在發球前拉個褲子、或者NBA球員在罰球前先拋出一個飛吻。

例行動作是為了讓運動員更加專注於賽場，消除對比賽的焦慮與壓力，並發揮出真正的實力。

對於袁藍華這樣的孩子，例行動作更是將她抽離現實世界，全神貫注於音樂中的必要手段。

袁藍華從衣領裡抓出某樣物品，並雙手交握將其擁在胸口。

少女闔上雙眼低語，彷彿在祈禱。

遠遠看或許不清楚，但那只是條掛著一顆便宜天藍色彈珠的項鍊，銀鍊本身都比墜飾貴多了。

那條項鍊的出現讓我內心一緊。不是寶石、也不是袁家大財團地位的象徵，卻承載著兄妹倆共有的美好回憶。

在往事已不可追憶的此刻，對袁藍華來說，那就是哥哥留下的少數遺物。

祈禱只持續了數秒，再次睜眼的袁藍華，周遭的氣氛已經微妙產生改變。

原本躲躲閃閃的雙眼，在抬起臉的那一刻變得清澈寧定，注視著面前的琴鍵。

纖細修長的十指輕撫黑白琴鍵，緊接著是鏗鏘有力的第一聲琴音！猶如炸開寧靜氛圍的砲響。

在演奏開始的這一刻，本來畏縮的少女身軀彷彿無限放大，澎湃的情感立刻充滿了咖啡店，以幾近暴力的琴聲強奪所有人的注意力。

那是與鋼琴家的內向性格截然不同、高聲宣洩著內心苦痛的彈奏，驚心動魄的琴音，讓人回想起那一年不平靜的波蘭。

左手舞動革命的洪流，右手奏起反抗的宣告，沉浸在彈奏中的袁藍華連肢體動作都變得殺氣騰騰，猶如正親自提槍衝往前線。

——多希望我不是鋼琴家，而是能在戰場上揮灑熱血的革命士兵呀！

不，那正是少女以自己的感性和對音樂的卓越理解，以黑白琴鍵展開的戰場。

不管是埋首筆電的入定大學生、輕啜咖啡的熬夜上班族，或是剛剛還有些輕視藍華的大叔，此刻都目瞪口呆，所有目光全聚焦在袁藍華身上。

與表演者氣質形成劇烈反差、衝突交錯的演奏風格立刻奪走大家的注意力，或許內心也跟著起伏不已，被捲入琴聲掀起的漩渦。

在蕭邦的C小調練習曲中，這也是頗為知名的一首。練習曲作品十第十二號，又被稱為《革命練習曲》。

據說是蕭邦在聽聞波蘭革命失敗後，激發出一系列練習曲的靈感，《革命練習曲》就是其中一首。

當年蕭邦對國家充斥煙硝的悲痛，沒想到竟能透過少女柔軟的雙手彈奏出來。

或許會有聽眾忍不住這麼想吧——她是經歷過什麼遭遇，才能淋漓盡致地演繹這首《革命練習曲》？

當練習曲迎來尾聲的果決齊奏，傳達最後幾絲悲鳴的同時。

彷彿由誰扣下了扳機，無數微微發光的鮮紅花朵憑空湧現，圍繞著藍華猛烈綻放。

那高聲喧嘩的挺立姿態以及燃燒般濃豔的碩大花瓣——是孤挺花，唯美、卻同時散發炙熱憤怒的孤挺花。

「那些花是……」

現場似乎沒有人意識到異狀，我的腦海裡閃過在A子與學姐身邊經歷過的幻覺及幻觸，難道——

「是呢，爹地。」

我的身後傳來小I憂慮的聲音。

「那些花都來自夢境中的花園，是不屬於她卻被她擁有的——宛如詛咒的寶物。」少女似乎嘆了口氣，「真的很麻煩呢，在她夢境裡的怪物。」

我驚愕地回頭，沒看到小I那身紅雨衣，反而迎接了學姐的開心表情。

「太誇張了！你妹好厲害！」不知是在哪時坐過來的祐希學姐，聲音淹沒在全場的掌聲中。

然而，我只是冷冷地吐了口氣。

「馬馬虎虎。」

「什麼馬馬虎虎！學弟的標準也太高了吧！雖然你在夢中彈的那首也很棒啦……」說著說著，學姐有些臉紅了。

但我並不是吝於稱讚，我說的是實話。

因為我真心認為，袁藍華還能到達更高的境界。即便如此年輕、即便在古典樂界的經歷尚短，她將是展翅高飛的蒼鷹。

在藍華那處處受限的人類少女外表下，或許有著寬闊如星空的感受力，這一點連我都有些忌妒。

那是多少音樂家夢寐以求的，渴望跟惡魔交易的寶物，簡直是非人的天分。

非人……我的胸口一凜，總算意會到剛剛小I想說的是什麼。

所以，我那無緣的親妹妹並非只是普通的天才鋼琴家。

——妳的夢中，難道也住著怪物？

在我內心困惑不已的時候，藍華並沒有應觀眾要求再彈奏一曲，而是離開鋼琴，緩緩走到我身邊。

少女將雙手放在背後，臉頰泛著紅暈，似乎還沒有從《革命練習曲》塑造的情境中脫離，她以自信無比的表情面對我。

「我的表演如何？」

「像是被開了一槍的震撼啊，還以為要死了。」

學姐白了我一眼，像是在指控我的說法前後不一。

袁藍華露出靦腆的笑容，從外套的口袋裡拿出預先準備好的物品。整齊對折的高級白紙發出香氣，看上去是封信。

或許是借助鋼琴演奏帶來的自信吧，內向的藍華居然親暱地湊到我耳邊開口。

為何要貼在我耳邊說悄悄話？因為這是不能告知眾人的「要求」。

不是邀請，而是要求。

「你想贖罪嗎，劉松霖？如果願意的話，請好好閱讀這封信。」

我妹似乎學壞了啊。即便內心震撼，我還是不由自主地這麼想著，臉上維持著一貫的笑容，給予對方劉松霖風格的答案。

「樂意至極。」

感覺到她很開心，繼續在我耳邊低語。

「下週三你有班吧？我會再來等候你的回覆。」

我的打工排班被藍華調查過了嗎？她或許沒有表面看上去這麼單純內向。看來為了革命，袁藍華做了不少準備。

袁藍華的壞笑表情只對著我一閃而逝，接著她便轉身走出咖啡店。

今晚，少女以鋼琴為武器所掀起的暴風雨，總算畫上休止符。

可是留下的餘波，並未就此平息。

結束營業後，雖然學姐有點擔心我的狀況，我還是成功把她和老闆先趕回家了。

一個人留下來收拾咖啡店，主要是想好好讀這封信，我靠在熟悉的吧檯邊，將紙張攤平。

以漂亮字跡寫好的信件，內容竟然不少。

致劉松霖：

父親將在本月三十號舉辦慈善晚會，由他名下的基金會主辦，想邀請你共襄盛舉，我也會在晚會上表演。下次見面時，我會一併確認你的參與意願。

但這不是我的主要目的，只是個契機。

我至今仍憎恨著你的父親。

我不會否認這點，但我更想知道當年你有沒有跟我哥碰過面，以及那幾天發生了什麼事情。

你或許是這世界上與我哥距離最近的人，所以儘管這是我單方面的任性要求，還是希望你能接受。

能不能請你代替我的哥哥，完成我想與他一起實現的願望？

第一個願望我直接寫在下面，麻煩你下次見面前做好準備。

PS：我做過調查，你不用對我隱瞞。

我看了看信紙末尾列出的第一個願望。沒想到她連這部分都確認過了，我只能笑著聳聳肩。

「這帶著禮貌卻充滿威脅的內容——不像藍華會寫出來的東西呢。」

我無法想像記憶中的小藍華會這麼做，或許是她長大了，或者是她做好了覺悟。

竟然，會想要加害者後代去完成受害者的願望。

至於我是距離袁少華最近的人？實在不明白為什麼藍華會這麼想。

「看來得藉著這個機會，了解藍華的內心……」

想起在鋼琴演奏中綻放的孤挺花，就像學姐那次的冷風徵兆，都是怪物存在於夢中的證明。

要了解怪物的源頭才能治癒心傷，所以陪同藍華完成願望清單是必要的。

但如果心傷就是我與劉明輝造成的，那也幾乎等同無解的枷鎖……

「A子，妳的看法呢？」

還穿著學校制服的A子就站在鋼琴邊，一語不發地注視著琴蓋。大概是趁我沒注意到時又溜進來了，有時覺得她的行為真像是貓。

少女擅自坐到琴椅上，我還以為她會突然掀開琴蓋彈奏，但跟袁藍華年齡接近的她只是靜靜凝視著我。

我將信件交給A子閱讀，看完後她只說了一句。

「你不去慈善晚會。」

沒有疑問，她知道我不會去混帳父親的晚會。

「那種場合不適合我，而且出現又會被當成箭靶，我還是認為袁長慶沒安什麼好心。」

A子似乎放棄跟我繼續討論，轉而拿起我放在吧檯邊的邀請函觀察。我想找其他話題閒聊，正笑著開口，她卻冷淡地出聲打斷。

那句話，只能用猝不及防來形容——

「袁藍華，會在九月底的慈善晚會表演中溺死。」

竟是我已然沒有緣分的親妹妹。

時隔多月的死亡預言，再次降臨到我身邊。

第二章
祕密基地&天球記憶

Miss A Would Not Foretell
Her Own Death

我與晚生的妹妹，足足差了十多歲。

藍華是在我國中升高中的時候誕生，名字中的藍色來自歐洲常見的花朵——矢車菊。

聽母親說過，見到這麼可愛的女兒，讓她回想起以前在歐洲學習音樂的時光。

藍矢車菊的花語，即是遇見與幸福，象徵著這孩子會讓家庭迎來美好的未來。

做為家裡最小的成員，藍華本該得到萬千寵愛，更別說她還有著卓越的音樂天賦。然而，這同時也成為她的壓力來源。

對此該負最大責任的人——果然還是做哥哥的我吧。

升上高中後我進入叛逆期，從此放棄母親的期待，卻也不打算接受父親的安排，硬是擺爛去讀普通的高中。

當時的我還太年輕，或者說，只是個亟欲成為大人的屁孩。我想無拘無束地活著，尋找自己的人生道路，而不是依賴袁家的庇蔭。

由於我這個「教育失敗」的前例，母親對藍華的要求變得更加嚴格。藍華在一開始接觸音樂時展現出的天賦，也讓母親在她身上看見超越我的潛能，更堅定了「不能再次失敗」的決心。

於是藍華比我早一歲開始學音樂，四歲生日過後，母親就開始指導她彈琴。

原本，這樣的生活說不上多麼「幸福美滿」，但也差不到哪去。妹妹的出生拉近了家庭的距離，本來話不超過五句的我們，由於藍華的關係，多了聚在一起的時間。

我們喜歡到宜蘭的袁家別墅消磨假日，那裡有廣大的庭院，還有遠離喧囂臺北的舒適環境。

然而，在那個時候，年幼的藍華就已經出現異狀。

那是一次假日的午後，藍華在客廳練習鋼琴，母親剛好有事離開。

鋼琴一側是客廳的落地窗，隔開了寬廣的草皮與庭院。每次來袁家別墅，我最喜歡躺在窗前的磁磚地板上，享受舒服的陽光。

在妹妹開始學鋼琴後，日光浴便融入零星瑣碎的琴音，她那還在成長的、小小的手掌，還無法俐落地彈奏鋼琴。

當我因席捲而來的睡意快進入夢鄉時，衣角卻被拉了拉。

「哥哥——有個奶奶坐在那裡耶。」

被擔憂的妹妹叫醒的我，睜大眼睛掃視客廳一圈。

視線所及只有大沙發和一旁的搖椅，以及大尺寸的液晶電視。除了家具擺設外，客廳裡依舊只有我們，老媽也還沒回來。

「哪來的奶奶？」

雖然有些膽怯，但藍華還是跨出步伐，在她所說的位置站定。

「就躺在這裡，她在看電視，是我沒看過的……」

藍華抓住的是那張木搖椅，上面空無一人，客廳的電視也沒有開啟，螢幕一片黑暗。

確切來說——這幾年沒有人會去坐那搖椅，但不代表之前就沒有。

藍華放開手，搖椅開始輕微晃動。我收起困惑的心情，扯出微笑說道。

「不要打擾她喔，讓她好好休息。」

「好——」

藍華點點頭，我也摸摸她細軟的髮絲作為鼓勵，想了想後，微微彎腰補充。

「能不能答應哥哥，不要告訴爸爸媽媽這件事？」

「為什麼？」

望著女孩天真的大眼，我思索著該怎麼回答。特別是父親，提到老奶奶什麼的恐怕會讓他難過。

「這是美眉跟葛格的祕密喔，妳喜不喜歡祕密？如果妳可以保守更多祕密，那我就帶妳去更多地方玩喔。」

她眨了眨眼，最後點點頭。

我讓小藍華回去練琴，回頭注視著搖椅。孤零零的陳舊木椅，在陽光的照耀下拉出了長長一道陰影。

以前，我們的祖母喜歡躺在那張搖椅上看重播的鄉土劇，常常就這樣不小心睡著。

但在藍華出生沒多久後，她就因為急病住院，已經過世一段時間了……

——在夢中喚醒意識深層的記憶，真的是很奇妙的感受。

最近只要入睡，就一定會做夢。脫離回憶後的此刻，我面前是一片單調至極、一望無際的白沙漠。

沙漠的夜晚並沒有白天炎熱，這並非很難想像的現實。在夏秋之間的季節，即使是現實中的沙漠，早晚溫差也會高達數十度，夜晚溫度低於十度並不意外。

也難怪只穿著T恤和棉褲的我現在會忍不住發抖，就算清楚明白這只是一場夢，如此真實的場景似乎也能模糊我對現實的認知。

沙丘的彼端會不會有什麼？我能不能走出這片沙漠？在自己的夢中變出一輛越野車或許不難，但肯定沒什麼意義。

自從離開囚禁我與劉松霖的房間後，我的夢境就時常是這片廣闊的白沙漠，映襯著頭上那片無邊的繁星。

這裡的時間也總是在夜間，因此這幾個月下來，我做夢時的興趣就是研究天上的星星，想看看這裡有沒有我在現實中觀星所留下的潛意識。

不過我卻沒發現任何與實際夜空的連結，連最簡單的幾個一等星都找不到。

北半球的四季星空都試著找過了，或許要把範圍擴大到南半球？但就算是身為袁少華那時，我也很少去南半球玩，也嫌沙漠熱所以沒有去過，完全沒有經驗能對照。

果然，還是要找小I問個明白才行。

「我實在不喜歡A子的裝神弄鬼耶！爹地，你不覺得她很麻煩嗎？」

但隨身帶著雨傘、身穿透明紅雨衣的黑髮少女沒有興趣探索夢境的奧妙，只是黏著我大聲抱怨。

「超煩的啦——話不能講清楚的人最討厭了！」

我乾脆坐到沙丘的一角，單手一揮變出溝火。能夠控制的夢境，還是有它方便的地方嘛。

等到搞定了溫暖的火源，我才出聲回擊小I：「就裝神弄鬼來說，妳也沒比A子好多少，所以要不要透露一下，妳到底是什麼鬼東西？」

可少女只是發脾氣似地瞥開頭。

「哼，才不說！如果爹地也給我吃之前請A子的名牌巧克力雪糕，我就考慮說一點吧。」

對付貓咪就得出動食物誘惑，但A子賞不賞臉有時得看運氣，至少那次請客她似乎挺開心的。

話說回來，口口聲聲說討厭A子的小I，現在又想吃我請A子的點心，這不是挺矛盾的嗎？

反正在夢中請客又不吃虧，我很快就憑想像力變出巧克力雪糕，就連味道都自認有九十趴以上的重現度。

「給。」

我的手卻被小Ｉ拍開了，雪糕就這樣插進白沙中，非常浪費。

「我才不要這種空虛的味道！」

對此，我只能搔搔頭並露出苦惱的表情。

「這可難倒我了，如果妳是幽靈的話，應該可以在現實世界附身到我身上，到時就可以帶妳吃遍大街小巷的美食喔？」

小Ｉ只是做了鬼臉回應：「才沒有那麼厲害呢，而且我也不是幽靈，是怪物喔！但怪物終究是虛幻的，才不能輕易改變現實呢。」

充其量就是以幻覺鬧我的程度啊，似乎可以這麼理解。

為了避免跟小Ｉ的閒聊像腳下的沙漠那樣無邊無際擴散，我乾脆就拉回正題。

「對這次預言妳有沒有什麼看法？藍華會在慈善晚會表演中溺死？」

既然她是我夢中的怪物，我就直接拿出來談。

死法上的「溺死」，乍聽之下會以為A子次不是搞錯了什麼？

「在晚會中溺死，難不成是要表演從水缸中逃脫的魔術……」

我試著以玩笑的態度說出口，卻發現很難笑。

前例也不是沒有，就像學姐的真正死法從「自殺」變成「逃到夢中的雪國」，也是很魔幻的死因了。

小Ｉ注視著發笑的我，只是靜靜說道。

「因為『不是真正意義上的溺死』呀，爹地想必也意識到了，你都被Ａ子茶毒這麼久囉。」

茶毒，這動詞用得好精準啊。

我想多說些什麼，但小Ｉ突然飄了起來，在幾公尺的高空環視四周，最後以開心的笑容面對我。

「既然都是抽象的狀況，爹地應該也很想知道吧——為何你的夢境只有這片沙漠和星空？」

「我想要的話，這裡隨時能改變吧？」我環胸認真說道。

應該是能做到的，小Ｉ卻笑得更開心了。

「你當然能改變，可當覆蓋在上頭的萬物腐朽後，還是會裸露出這片沙漠的喔。」

這說法讓我沉默了，於是小Ｉ繼續解釋。

「因為爹地的靈魂是荒蕪的呀。經歷那一切的你所換來的，就只有這片寬廣無際、卻什麼都沒有的沙漠，這不是很諷刺嗎？」

看來，她果然是我自身的「怪物」，所以明確地說出了我的心靈弱點。

在有些沮喪的我面前，小I卻緩緩降落。

「但是，爹地仍然必須前進，就算夢中只剩這片沙漠也是。」

小I飄向我，臉上帶著惹人憐愛——卻也悲傷的神情。

這是與她面貌相似的A子絕對無法顯露的，或者說我希望A子能夠盡情展現的表情。

「沙漠終將降雨，沒有事物是永遠不變的。你認識的藍華，也已經長大了。」

作為「劉松霖」我失去了很多，其中最可惜的或許也不是金錢，而是最為珍視的家人。

本來以此時的身分，我不可能去接觸袁家的人事物。但這次會是一個契機嗎？如果我能完成藍華的願望……

「我能不能撫平我妹這些年的痛苦？」

我不曉得，現在的我或許也比自己想的更無助。或許是因為這樣，我才向小I發出疑問。

嬌小的雨衣少女卻突然朝我逼近，雙手打開、緊緊環抱住我。

因為這裡是夢，所以感受到了莫名真實的觸感，以及穿過那件透明雨衣的、其實很暖和的體溫。

她是想安慰我吧？但不明所以的懷念感，竟發自內心湧上來。

為什麼會有這種懷念的感覺呢？讓人想哭的感覺……

無論如何，我的耳邊只聽見小I的訴說。

「我已無處可去。所以，身為爹地怪物的我，不管未來將發生什麼事情、不管爹地做出什麼抉擇，我都會一直陪在你身邊。」

因為你是我的「爹地」呀，小I如此輕喃著。

那不明所以的稱呼，卻讓我感到溫暖。

「小I……」

在我想出聲說些什麼之前，小I卻突然離開我身邊，並露出厭惡的表情。

「啊，不過A子還是趕快死一死比較好。」

她的恨意仍然如此裸露，反而讓我笑出聲。

「找個機會讓妳們碰面王對王，看誰會活下來。」

「誰都可以，唯有她我完全不想見！」

以高昂的語氣講到這邊，小I再次嚴肅地提醒我。

「爹地還是趕快遠離她比較好喔？不過就算我跟你這麼講了，你也肯定不會照我的意思去做吧。」

「不管怎麼樣，要救藍華還是需要A子的協助。」

聽到我的解釋，小I卻露出萬分無奈的笑容。

「就是因為這樣——你才會一直被她利用嘛！男女關係不能甘於下風呀！」

怪物少女那露出微笑的神韻，倒是跟我有幾分像。

結束跟小I愉快的互動，午後小眠的我緩緩睜開雙眼。

純白的空間因為來自陽臺的光源而相當明亮，浮塵在陽光下飄動，午後的慵懶氣息讓身體相當放鬆，多想持續下去而不用理會現實那些煩惱。

可惜這不可能，藍華就要莫名其妙地在九月底死去了——不久的未來還有A子。

我離開靠著打盹的牆壁，將靠墊收進隨身帶來的大布袋，站起來伸了伸懶腰後，朝陽臺的方向走去。

還是之前那套白襯衫與黑短裙的組合，黑長髮的少女正蹲在欄杆前，手裡拿著小小的灑水壺澆花。

少女的眼神無比專注，那認真的側臉真的很可愛。

我午睡前她就在澆花了。陽臺上增加了十多盆向日葵，向著海平面的聲勢越來越可觀，卻也需要一點時間整理。

記得那是暑假的時候附近農家送給A子的禮物，當時我還幫忙抱這些盆栽過來。

由於這棟別墅已不通電也沒接水管，要澆水還得走到附近的山溝，偷裝別人水管流出的山泉水。

仔細想想來回就耗掉不少時間，難怪我都睡一覺了A子還沒忙完。

我蹲到少女旁邊，和她一起觀察向日葵上停駐的斑蝶。

「如果澆太多水，植物反而會枯萎喔。」

「嗯。」

A子應了一聲，起身準備繼續去裝水。似乎被動靜嚇到，蝴蝶展翅飛走了。

我默默搶走她手上的水壺。既然醒來就不好意思旁觀了，還是多幫一些忙吧。

少女卻沒什麼反應，只是默默凝視著我，好像我這麼做完全理所當然。好歹也感謝我一下喔？

辛勤來回幾趟澆完所有盆栽後，總算滿意的我用手背擦掉汗水，回頭看向屋內。

「這裡越來越有養小三那種小窩的感覺了，可惜還是一件家俱都沒有。」

「……」

不管沒有回話的A子，我觀察著空無一人的純白房間。

暑假時，A提出想來「祕密基地」——也就是當年她母親自殺的這棟別墅。從那時開始，我就常常挑週末下午載她過來，一開始只是在這裡發呆幾個小時，最近才開始進行園藝工作。

或許，她想來這裡是因為思念母親吧。

母親曾經住過的地方，對女兒來說有著不一樣的意義，就像我跟小藍華常去的那棟宜蘭別墅。

此時的A子趴在欄杆上，就像每次結束園藝工作後那樣，看著遼闊的大海不知道在想什麼。我也因為回憶起過去，開口打破只填充著海潮聲的空氣。

「我妹妹——真的會死在慈善晚會上嗎？」

「嗯。」

背對著我的A子輕輕點頭。既然是預言家所言就不會有誤，就算如此……

「藍華是很特別的孩子，以前就有出現過類似陰陽眼的經驗，大概也跟寄宿在她夢境中的怪物有關吧。」

藍華是對情感很敏銳的孩子，這對走上音樂家之路的她而言是極大的優勢。儘管小時候母親對她有些嚴格，卻也不到虐待的地步，而且還有我帶著她到處玩，應該不至於留下什麼陰影。

果然——是在袁少華死去後的這幾年出現的吧。

我想起藍華在咖啡店裡表演時出現的異狀，又想起之前遇過的種種異象。

「有一些異常狀況，我一直想找機會和妳說。那天在藍華彈琴時，我看到了滿屋子的花。不只是這樣，之前我還感受過從學姐夢裡洩出的冷風，甚至是妳的眼睛——有時會像夢境裡的電視那樣充滿雜訊。」

我沒說出口的還有最後一個異常——小I的存在。但光是剛剛說的這些，似乎就引起了A子的興趣。

她轉頭看著我，思考片刻後才開口。

「當你凝視深淵時，深淵也在凝視你。感受力越強的人能獲得窺探的資格，卻也越不容易察覺虛實的交界。」

第一句好像是某哲學家的名言呀，不過從第二句來看……

「意思是這是我獨特的能力，之類的？」

「我能，但不明顯。」

原來還有程度之分——A子果然能注意到從夢境滲入現實的怪物殘跡，否則小I也不會老是躲她。

雖然我能看到異狀，但現階段似乎起不了太大的作用。無力感沉沉壓上肩頭，我懇求地看著A子。

「能不能像學姐那次，直接破壞她的夢境怪物？」

沒想到A子搖了搖頭，給予一個讓我非常驚訝的答案。

「不能。」她的語氣平穩冷淡，「殺掉『怪物』這種手段，這次我做不到。」

「為什麼不能？我以為怪物是像病毒那樣必須去除的存在耶？」

「沒有這麼單純。」

也是啦，都有像小I這種除了煩死人之外，不知道能幹嘛的怪物了。我嘆口氣，回到牆邊無力地坐下。

「提到我妹就很頭痛，我又湧現睡意了。」

不過也不是沒有收穫，冷淡卻善良的A子還是給予我一些建議。

「陪你妹妹完成願望吧。」

「就像祐希學姐那次?至少要幫助她治療心傷？」

「嗯……」

A子這次的回應相當猶豫，感覺她還想說些什麼。她緩緩走過來坐到我身邊，再次開口時，已經是不同的話題。

「下週五的車票訂好了，早上、去墾丁。」

「希望沒有跟藍華的計畫撞到呀。」我笑著回應。

雖然藍華的狀況讓我憂慮，但A子也讓人放心不下。如果有機會跟A子出去旅行，或許就能更加了解這個同樣死期將至的謎樣少女。

下週三晚上完成第一個願望後，其他成為遺憾的心願也會接踵而來吧，我妹長大後真是讓人煩惱。

「明明我自己想要的願望一個都沒有，只是想要我妹過得開心——當然也包括妳啦，A子。」

我笑著說道，自認這是無敵暖男的宣示，但瞥向A子——她只是用平常的冷淡目光瞧著我，嘖、真無趣。

「想睡了。」結果少女也只說了這句。

我微笑著不打擾她，望向陽臺上的金黃花朵。不管如何，還是先享受這寧靜的週末下午吧。

這是自從交換靈魂後很久不曾體驗的平靜。這些年來的我，一閉眼就是惡夢，睜眼後就渾渾噩噩地當著劉松霖、過著不屬於自己的人生。是身旁的A子救贖了我的生命，是看上去無情的她教導我如何重新活下去，所以……

肩膀突然傳來了觸感。低頭一看，是閉起眼的A子靠到了我肩上，輕柔的呼吸聲充斥耳邊。

「午安。」我輕聲開口，像是害怕驚走了翩翩降落的稀有蝴蝶。畢竟才剛睡醒，最後我默默打開手機消磨這段午後時光。

只是完成藍華提出的願望，就能治療她內心的寂寞嗎？

想必不可能，從雪國的經驗來看，A子提出的預言是最有可能達到的結局。這代表現下的我不多做什麼的話，藍華就是會在那個時間點死亡。

慈善晚會那種根本沒有水的表演場合，大概是指靈魂上的溺死吧，就像祐希學姐那次。

即便理解了這些殘酷的前提，目前的我依舊只能盡力練習，為滿足少女的願望做好準備。

轉眼便來到隔週的星期三，也就是九月八號。

這晚A子並沒有出現在咖啡廳，不過前一天我特地留她下來練習一次，看她那細微變化的神情，我的表現應該還不錯？

藍華大概在七點左右就現身了，我對她點頭示意，好像見到妹妹的臉色因此明亮起來。

接著我跟老闆表示要最晚離開，順便要留藍華下來，我有事情想藉地方跟她談談。

老闆至少從新聞上知道一些劉家與袁家的恩怨，所以並沒有多說什麼，只拍拍我的肩膀給予鼓勵——而這樣，就足夠了。

不過，在咖啡店的員工休息室，學姐卻以相當擔憂的語氣再次詢問。

「真的好嗎？」

「不會有什麼衝突的啦，學姐放心放心。」

這似乎沒有回答到學姐的疑問，她搖了搖頭，才說出內心的真正想法。

「我不是這意思——你可以告訴袁藍華的吧?你就是袁少華呀!」她咬住下唇,「那樣,不是就能很輕鬆了嗎?就算袁藍華可能不會相信你的說法……」

學姐,妳單純得好可愛耶。我思索著該怎麼回答,最後俏皮地眨眨眼。

「唉呀,每位女人心中都藏著小祕密嘛,身為男人的我也想藏一點小祕密喔。」

「去死啦!」學姐用力捶了我的胸口一拳。靠很痛耶!

我收起嘻笑的表情,試著以輕描淡寫的語氣開口。

「我不會告訴袁藍華,劉松霖跟我交換靈魂的事實。」

「為什麼?你的高中生女友和我都知道了——為何不願意告訴親妹妹?」

腦海中閃過那位男孩的笑容,還有他親口說過的話。

我是來拯救大哥哥的喔,請您相信我。

劉松霖這句話背後的真實心願我已經無從得知,但如果可以的話,我還是希望能以他的身分活下去。

所以我辦不到,我無法三言兩語抹消那男孩的存在。恰好被學姐察覺、被A子窺視到過去就算了,就算為此痛苦掙扎,平常我還是想以劉松霖自稱。

否則，我怎麼對得起他送給我的新人生。

搔了搔頭，我只能無奈地苦笑。

「我很謝謝學姐以這個名字稱呼我，但我現在可是劉松霖喔？」

「少華……」理解到什麼的她抿起嘴，最後不再多說。

儘管學姐仍舊一臉不滿，我還是堅持己見，好不容易才把她推到門邊送走。

等到所有人都離開後，空蕩的咖啡店就剩下我和藍華兩人。

她的穿著跟上次沒有相差太多，只是這次沒穿白外套，露出風格甜美的粉藍連身洋裝。

我對她露出禮貌的微笑，並坐到今晚最重要的位置——鋼琴的琴椅上。

「謝謝你答應我的任性請求……」

把附近椅子拉過來，坐在鋼琴側面的藍華低頭輕聲致謝，我則是嘴角微微勾起。

「妳不恨我這點，我已經很感激了——即使我不可能完全取代少華哥來實現這些願望。」話鋒一轉，我以嚴肅的態度說道，「不過妳父親的慈善晚會邀請，請容我婉拒。」

藍華的雙眼微微睜大。

「我知道那基金會有在照顧失學少年，袁長慶有這份心意就夠了，不需要特別邀請我去參加什麼活動。我只期盼我們都能走出過去的陰影，不再憎恨彼此、但也不要想去彌補什麼了。」

靜靜的，活下去就夠了。

但藍華的雙手抓緊膝蓋，細小的聲音如冰。「明明不可能……」

我只能默默地聽著少女的痛苦，但藍華卻迅速摀住嘴巴，語氣一轉，回復成原本內向含蓄的態度。

「我明白了，我會轉達給父親……但我還是希望你能和我父親好好相處，因為這也在我對我哥的願望裡。」

這什麼亂七八糟的妄想願望清單，我是不可能想跟那老頭和好的喔？

更何況，我也不可能代替袁少華去和好吧？有些懷疑小藍華到底有沒有認真觀察過自己的老哥，但現在身為外人的我只能露出做作的笑容。

「好吧，這之後再談吧——我先來實現妳提出的第一個願望。」

第一個願望，就跟鋼琴有關。我打開琴蓋準備彈奏，卻被藍華出聲打斷。

「所以，你真的會彈鋼琴嗎？」

連這點無聊的背景都被挖掘出來，我也有些無奈。

劉松霖確實會彈鋼琴，至少我去他家整理行李時看過一臺中古鋼琴，後來就被他姑姑賣掉變現了。

「嗯？小時候有玩一下，但是我很久沒彈啦！感謝妳給我準備的時間。」

我試著以理所當然的語氣應答，即便我根本沒有劉松霖的記憶。

可正因為我不是劉松霖，我從沒想過藍華接下來會這麼說。

「那麼，你**眞的是因爲崇拜我哥才學鋼琴的嗎？**」

「呃——什麼？」

面對錯愕的我，藍華只是繼續說道。

「我的父親——曾聽你父親說過，因為看過哥哥年幼時彈琴的影片，他家兒子也產生了興趣，才會開始練鋼琴。」

我知道劉明輝曾經是袁長慶的司機，在公司的精簡政策下被解雇，因此才種下殺機。

劉明輝那痛恨而扭曲的臉孔，我也還記得清清楚楚，沒想到他曾經跟老爸親近到能夠聊小孩的事。

感慨的同時，我也只能繼續裝瘋賣傻。

「嗯──或許是崇拜沒錯，可惜我沒機會跟你哥見到最後一面。想也知道吧？我被我父親阻止了。」

印象中，沒聽過劉松霖本人提過什麼崇拜不崇拜的事情，但他跟我說話的態度確實十分友善又客氣，沒想到背後還藏著這道連結。

──明明，你崇拜的人長大後就變成了廢物。

我不太想聊關於那男孩的事情，但對我異常友善的不只是劉明輝，雖然藍華在信中說不在意過去發生的事，對我的態度也很有禮貌……

少女此刻卻靜靜注視著我，眼中充斥著複雜的情緒。

不能說是憎恨，比較像是無奈滲透進現實，因此而痛苦不已。

「如果你尊敬我哥，又為什麼要在我哥的頭七上露出笑容？」

為了說出這個疑問，藍華才會露出那樣複雜的表情吧？

啊，完蛋惹。

我有預料到藍華會提出這個問題，但一直沒辦法找到適合的回答。畢竟對受害者家屬來說，那就是最痛苦的一個畫面。

然而，當年那抹笑容中所隱藏的無數矛盾與糾結，我無法告訴藍華。

這等於承認我就是袁少華。

「因為，一切都很荒謬不是嗎？」

腦袋一片空白的我，竟然無意識地說出那天的心聲，我心慌地朝她的方向看去——

「嗯，真的很荒謬……」

藍華卻帶著哽咽的聲音笑了，那痛苦的表情讓我多想緊緊抱住我的妹妹。但最終，我什麼都沒做。一段時間的沉默後，她才再度開口。

「對不起，我沒有要責備你的意思，只是有很多事想跟你確認，真的——有很多很多。」最後幾次的「很多」，被藍華加重了語氣。

「麻煩你了松霖哥，可以開始彈奏鋼琴曲了。」或許是為了拉近距離，她選擇了這個比較親密的稱呼。「在我小時候，就算我一直對我哥撒嬌，他也不願意彈一次琴給我聽。」

袁少華早在國中的時候就放棄了音樂家之路。正因為是萬眾期盼的、父母期待的未來，所以叛逆的我全都不要。

小藍華沒有聽過我的演奏，就算她再怎麼賣萌撒嬌，我也發誓絕對不再摸琴鍵。

要說現在的我能為藍華做的事情——我露出笑容說道。

「或許不是他想放棄鋼琴，而是他一直在尋找著吧，比這更有意義的未來。」

即便這傢伙後來徹底墮落了，也曾經對人生充滿憧憬。我想向藍華傳達這個訊息，她再次對我露出複雜的表情。

「松霖哥……」

我不再多說什麼，逕自開始彈奏——那是德布西的《月光》。

事實上，藍華並未指定鋼琴曲。但此刻的我期望著，藍華心靈能像這首鋼琴曲一樣祥和。

腦海裡湧現的，是無數跟小藍華相處的記憶。

在宜蘭老家帶著她玩耍的庭院、在淡水老街看著她喝彈珠汽水露出的笑容、在琴房旁抱著我說媽媽很討厭……

如果單單一首鋼琴曲能夠改變什麼就好了，但這是祈禱不可能實現的現實。

我無法在旋律中寫入「我就是袁少華」的真相，我也不能丟下劉松霖的身分。實際上我究竟想要什麼？或許連我自己都不明白。

或許只有完全投身在音樂中，就像上次在學姐夢境中彈奏那樣，我的心靈才能獲得真正的寧靜。

人與人之間是難以互相理解的，即使是曾經與自己血濃於水的妹妹。

我無法解讀她複雜的表情，還有那些她沒有說出口祕密。就連在《月光》已演奏完的現在——我也無法明白藍華為何會掩面痛哭。

「啊啊啊……為什麼……是這樣……」袁藍華的情緒徹底崩潰，在哀鳴之間，只能擠出脆弱而破碎的話語。「為什麼會發生這種事、為什麼你……」

我在一旁不知所措，結果也只能為她遞出衛生紙。

「松霖哥，你——」哭得梨花帶雨的她明明想說些什麼，最後卻搖了搖頭。「對不起，沒事……」

重新振作的她，帶著懷念的表情輕聲說道。

「我想起了跟我哥的過往，那時有很多很多美好的回憶……」

聽著親妹妹在吐槽哥哥，這感覺真是如坐針氈。

「我哥是個白目，他成天無所事事、也常常欺負我……」

但本來內向與陰暗的表情，在提到袁少華時卻漸漸明亮起來。

「可是，他活得很自在。他是全家最照顧我的人，每次我受不了媽媽安排的鋼琴練習時，都是他站出來跟我媽吵架。」

藍花拿出胸前的項鍊，凝視著掛在上頭的天藍玻璃珠。

「這項鏈上的彈珠也是，是以前哥哥帶我去玩時留下的紀念，我覺得很有價值、把它做成了項鍊，就算只有我這麼覺得……」

我當然還記著，曾經牽起妹妹的手逃避現實四處遊玩。

那顆小小彈珠裡盛裝的記憶，或許對藍華來說就如天球般龐大吧，是滿載著繁星與自由浪漫的、充滿光輝的美好回憶。

但不管過去多麼美好，人終究得活在此刻。

接著，擦乾眼淚的藍華突然對我露出俏皮的笑容。

「今天真是太謝謝你了，不過我們還有很多願望喔？你要幫我一一實現。」

對於妹妹的請求，我自然以微笑回應。

「當然囉。」

後來我們交換了手機號碼，方便之後的聯絡，藍華也主動幫我一起做完剩下的關店工作。雖然不太好意思，我還是接受了她的好意，這樣才能早點下班嘛。

鎖上咖啡店大門後，我們仰頭看著都市夜空中高掛的明月。

「中秋節快到了啊，記得是在這個月的二十一號……」

喃喃自語的我準備走向自己停機車的小巷，時間還不算晚，藍華或許會走到附近捷運站搭捷運吧。

但少女只是以滿足的表情凝視著月亮。

「今夜的月光，真的很美呢。」

「在日本的話，這可會被當作是向男生告白呀。」我一如往常地開著無聊的玩笑。

但藍華聽到後，對著我睜大眼睛，然後——

「也許，我就是想向松霖哥告白喔？」

少女露出了相當危險的笑容。

某種異樣的感覺，在我的心頭浮現。

為什麼？

明明第一個願望順利完成了，明明感覺藍華大哭過後精神已經好很多了……我卻完全不能放下心。

竟然又出現了——以藍華為圓心，從夢境暴露到現實、虛幻而濃烈的孤挺

A子不會預言自己死亡

花海。

撲鼻的甘香讓人沉浸在幻覺之中，佇立在孤挺花海中的洋裝少女，只是哼著愉快的歌聲欣賞明月。

在露出看似釋懷的笑容後，卻又恣意展現出怪物的姿態。

果然，要我代替袁少華完成兩人的願望，根本是不可能的事情，更別說是代替他陪伴在家人身邊。

——我仍然沒有觸碰到藍華的內心。

第三章
虛與實的縫隙

Miss A Would Not Foretell
Her Own Death

狹窄車窗外的景色是廣闊的翠綠田地，今日早晨的陽光也相當明亮。

「我不懂，為什麼藍華在聽完那首曲子之後要哭成那樣。」

聽見琴聲懷念過去是理所當然的，可總覺得那表情更加悲傷與痛苦，像是在忍受著什麼。

更何況——就是因為內在的精神不能平衡，才會讓怪物占據的夢境洩漏到現實之中。

在那之後，我試著在網路上認真調查袁藍華的資料，但除了一些少女本身的演出及得獎報導，還有關於袁家的新聞，依舊沒有找到什麼有用的情報。

不過，其中有一些讓人在意的訊息，等下一次見面，勢必得想辦法親眼見證才行。

「嗯。」

我還以為坐在旁邊的A子不會理我，結果居然還能得到一聲「嗯」，總覺得有點感動。

靠窗位置的A子身穿一件黑色V領短袖上衣，搭著修身牛仔褲與帆布鞋，很有她的風格的俐落打扮。

重點在於——她把本來的黑長髮綁成了單馬尾，既新鮮又可愛。

如同在祕密基地時說的，A子幫我們訂好了週五早上前往南部的車票。

雖然藍華將死的陰影仍然盤據在我心頭，但我想善用每一次跟A子獨處的機會，看能不能多從她身上找出更多線索。

「妳有沒有辦法，能看見藍華這幾年發生了什麼事？」

A子說過她用那臺電視機看見了我的過去，如果也能瀏覽藍華這幾年的情況……

這種方式A子不可能沒想過，可是她卻眨了眨眼，一言不發地凝視著外頭無聊的窗景。

明明景色很無聊、也沒有太大的變化，但搭配上少女沉思的側臉，就給人不太一樣的感覺。

「沒辦法。」A子否定了實行的可能，卻難得地主動解釋，「就像車窗外的流逝景色，瑣碎的畫面不會被記憶。」

少女纖細的手指貼上車窗，看著景物滑過指間消失。

「夢受當事人影響，透過夢窺見的命運也是。」她總算回頭看著我，「不能看見完整的因果，更別說其中的過程。」

所以並非是A子不想說……而是她並沒有完全看見。

A子不會預言自己死亡

這麼說來，之前我在她夢中看見的死亡場景，也只是她躺在血泊中的畫面。或許，只有結局的畫面是相對清晰的？

想起同樣可能活不過成年的藍華，我的內心一緊，連忙轉移了話題。

「算了，第一次跟妳遠行就不要想太多，我們好好玩吧？如果能奪走妳的更多第一次也不錯喔。」

對於我無聊的玩笑，A子只是默默注視著我。

「你跟妹妹，也出去玩過？」

「我找到機會就會帶她去外面晃晃，不然她實在過得很辛苦。」

藍華現在還戴著的彈珠項鍊，就是當年一次出遊留下的紀念，雖然物品本身沒什麼價值，沒想到她會戴到現在……

懷念著過往的我，卻見到A子的表情似乎變得陰沉，籠罩在黑暗中。

不，是外面突然陰雲遍布下起了大雨，秋季的天氣真不穩定。

「籠鳥不該學習飛翔。」

A子指的是出生在「上流」家庭的藍華與我，或者也是她自己。

她們不只是年齡相近的女高中生，同樣有著不平凡的身世，或許還有著共同的煩惱。

「莫非，妳是從藍華身上看到了自己？」

但A子只是冷冷盯著我，然後別開頭。

這反應——難道我真的說中了？一想到此，我不自覺地伸出手，想摸摸A子的頭，就像以前安撫小藍華時常做的動作。

但這次被A子一把抓個正著。

「我不是貓。」

而且還被冷淡抗議了，我笑著收回手。

「抱歉啦，以前的習慣動作。還說不是貓，有時不想被人摸不就更像貓了？」

面對我的調侃，A子只是眨了眨眼。

「貓的話，至少會有貓耳朵。」

一說完，她的頭上還真的冒出貓耳，毛茸茸的、黑色的貓耳。

或許是A子那模樣太可愛，我還看到那對貓耳動了動，果然是錯覺吧。

我眨了眨眼，笑得更開心了。

「很厲害的魔術耶，妳要不要也來咖啡店表演一下呀？可惜我們的慣老闆不會給妳多少薪水。」

「……」

A子默默把貓耳髮箍摘下，收回自己隨身帶著的包包。少女看向窗外，不理我了。

原來這是A子式的幽默？我注視著她的側臉，嘴角微微勾起。

雷陣雨看起來只下了片刻，至少在走出高鐵時外頭已重新放晴，幾絲陽光從遠方的雲朵間隙中露出。

雖然我們搭高鐵沒花多久時間，從北到南少說也是一個半鐘頭的事情，加上出發的時間偏晚，到這裡已經近十點了。

從左營高鐵站到墾丁有幾個方法，看A子挺有錢的，我想說就搭計程車過去吧。不過在那之前——

「早上出門忘了買早餐，我現在肚子有點餓了。」我走向高鐵站裡的超商。

因為要一起出發，前一晚A子突然又住進了我那狹窄的套房。明明可以約定在臺北火車站集合的，而且也不像學姐那次是想告訴我什麼情報，真是搞不懂她。

如果只是單純想跟我住在一起，倒是挺可愛的。

「你會餓？」

A子歪了歪頭詢問，冷淡的表情因為語氣顯得充滿疑惑。

我盯著少女那稍微隆起的胸部與平坦的腹部，看起來就不是容易餓的體質。

「當然呀，妳要到海生館再吃？」

離飯店入住的時間還有一段空檔，我們打算順路到海生館走走，之後才去墾丁。

「會餓……」

她又重複一次，感覺認真到想拿出筆記記錄。

我會餓有這麼奇怪嗎？今天的A子果然有些古怪，但也多出了一點人味。

我決定先放著她不管，去超商隨便買了鮪魚飯糰和一瓶礦泉水，結帳後就直接撕下包裝啃起食物，想趕快解決去搭車。

「有點無味啊，這飯糰……」

超商的食物越來越不行了呢，我在心中發著牢騷，卻覺得身體越來越不自在。

原來是A子以嚴峻的目光盯著我，不知道的人還以為是我做錯了什麼，惹這位小女朋友不開心了。

「妳如果會餓的話就去買啊？不用擔心破壞自己的形象啦。」

A子總是表現出冷淡寡言的個性，明明偶爾可愛點也不錯嘛。

不過她的回應讓我嚇得不輕，就算只有短短兩字。

「給我。」

「啥？」

她說的是我的飯糰？我露出笑容遞到她面前。

「想要的話就拿去吃吧，不過妳還沒跟我交往吧？會想吃我的口……」

話都還沒說完，A子一把奪去我吃一口的御飯糰，咬了一角吞入自己口中。

「嗯，沒什麼味道。」她嚥下飯糰後，說出跟我一樣的評語。

我傻眼地觀察著A子的動作，最後只能留下結論：「果然很難吃呀。」

沒想到這無味的御飯糰，會成為兩人互動的一次助攻。

當事人似乎不這麼認為就是了，A子迅速吃完了飯糰，直到這時才想起一旁發呆的我。

「要還你一個？」

「不用。」

平常在咖啡店的A子總是優雅地啜飲咖啡和吃甜食，這像倉鼠一樣小口小口塞食物的動作，看著倒是挺有飽足感。

從左營高鐵站前往海生館有搭客運和計程車兩種方式，我們選擇搭計程車直接前往海生館。

話說回來——今天起床後都沒見到小I。從計程車下來走一段路後，我才意識到這件事。

小I沒有現身並不是特別奇怪的狀況，不過以我對她的個性的了解，一天不出來透氣一下好像會死一樣。

既然她沒出現，還是跟本尊好好互動吧，我看著在鯨魚親水廣場前站定的A子。今日的海生館明明是假日，卻只有我和她兩人。

「從搭高鐵開始就是，人潮似乎少很多……」

說是這麼說，我並沒有將這些狀況放在心上。大概是最近臺灣經濟比較蕭條吧，我這麼想著，加快腳步上前去跟A子會合。

少女將目光定在廣場正中央的大鯨魚造景上。她跟我一樣背著一個後背包，方才在高鐵上拿著的小包包已經被她收了進去。

「海生館，不容易……」

只聽見A子嘴裡唸唸有詞，我走到身旁拍了拍她的肩膀。

「妳是說這擬真模型？確實不太容易啦，臺灣也沒什麼大型海生館，國外就不一樣了。」

這裡來過太多次，對我來說已經很膩了。雖然如果帶女伴來的話，意義就完全不一樣了。

「以前也有帶女生來海生館玩過，看來這麼多年過去了，變化也不算大。」

「走吧。」

我以為A子會介意我提到的異性，但她沒多說什麼便向前踏出步伐，很一貫的風格，對周圍漠不關心。

進入室內後，我考慮著要先從哪裡開始。

「要先去哪個區域逛，妳應該不是第一次來吧？」

「嗯，第一次。」

真的假的？A子的回應讓我大感驚訝。少女的第一次，這還真是意義重大。

「先不管妳爸爸多扭曲，但妳畢業旅行沒來過這裡？」

A子微微歪頭，以理所當然的語氣說：「沒人說畢業旅行一定要來墾丁玩。」

這倒也是。

既然是第一次就讓我這大人好好負責吧。當我笑著要為A子導覽時，她卻已經有想法了，伸手指著某個方向。

「海底隧道。」

既然是A子主動提出的意見，我當然樂於順從。

穿過幾個沒什麼東西的區域，我們很快便踏入海洋隧道。

就算來過很多次，我還是很喜歡置身於幽暗海底的感覺。

被龐大的深藍水體包覆，魚群在四週的珊瑚礁群中穿梭，偶然見到的豆腐鯊穿梭於古代的船體之間。

剛一抬頭，我就見到一群散發著螢光的水母從頭頂上滑過，以及遠超過人類大小的巨大深海魷魚。

雖然海中的景致確實令人驚嘆，我卻隱約覺得哪裡不太對勁，到底是哪呢？

不過，就算是水容量已經很大的海生館，相對於廣闊的海洋本身仍舊微不足道。如果沒有強化玻璃保護人類，人類一旦掉入海中便必死無疑。

就算沒被海洋生物攻擊，人類也無法在水中呼吸，遲早會迎來溺死的結局。

溺死嗎……

不再多想，我的目光回到A子身上。不知道今天能不能牽到一次手呢？

但單馬尾少女蹲在鐵欄杆前，相對於龐大的海底隧道，似乎只將注意力放在前方的一小角。

我湊過去一看，是一群很可愛的小生物，半透明的身軀拍打著像是翅膀的構造，內部的紅色器官鮮明可見，遠看有著擬人的外觀，而那拍打薄翼游泳的模樣就像……

「是海天使吧？生長在北極海域的冰層下、雌雄同體的生物。」更確切的學名有點想不起來，沒辦法拿來把妹。

但A子白了我一眼——咦，認出來有這麼奇怪嗎？

「以前在日本的海生館見過呀，印象這幾年好像臺灣的海生館有引進。」

「嗯，失策。」A子冷淡地回應。

我眨了眨眼，笑著說：「我懂了，妳是想說妳看過海天使，本來想幫我介紹的對吧？」

A子無言地撇開頭，繼續將目光投注在海洋生物身上。

看她目不轉睛的樣子，似乎很喜歡這些可愛的小傢伙，不過嘛……

剛好附近有更小的螺類飄過，其中一隻海天使從那彷彿兩隻角的頭部變化出無數觸手，吞下了可憐的獵物。

「海天使從頭部伸出觸手獵捕，補食畫面是有點殘酷啦，不過大概是那可愛的外觀，還有那像紅心的內部器官，據說看到牠們的情侶就會擁有浪漫的愛情。」我聳聳肩。

「是有點搞笑啦，因為生物可愛就給予美好的傳說，跟只保育可愛動物的道理不是一樣？」

我笑著這麼說，但A子仍然給予一慣的回答。

「是嗎？」她眨了眨眼，從容地站起身——然後抬頭。

我也跟著抬起頭，但原因並不是想模仿女高中生的動作。

突如其來的龐大陰影籠罩整座隧道，讓人不免看向來源。海底隧道的上方，有一頭巨大的生物正緩緩游過。

A子不會預言自己死亡

近距離窺視真身，實在讓人恐懼。

那是身長十米以上的龐然大物，外表與鯨鯊之類的大型海洋生物有所差距，不只是那更接近巨大蜥蜴的修長蛇形身體與細長尾巴，還有那因為咬著鯊魚而裸露的整排尖銳牙齒——像人類這樣的脆弱血肉之軀，轉眼就會被撕成碎片吧。

整座海底隧道隨之震動，我擔心著強化玻璃會不會被看起來相當凶暴的巨獸撞破，但A子只是淡然地開口。

「霍氏滄龍，是白堊紀晚期的強大海洋掠食者之一，體長有十到十四米、甚至十八米以上的紀錄。」

我揉了揉太陽穴，這生物應該滅絕了吧？

一時間不能理解，我的認知與目擊畫面產生了衝突，腦袋也感到暈眩、這就好像這一切只是——

但A子再度啟唇，對眼前的衝擊性景象做出補充。

「海洋本就廣闊——存在著滄龍並不奇怪。鸚鵡螺、三葉蟲等生物，即使到了現代還是有發現紀錄。」

我的腦袋一片混亂。

「呃？真的是這樣？就我所知大部分大型爬行類在那時……」

「嗯，就是這樣。」

她斬釘截鐵地肯定，於是我的思緒也漸漸平穩。

「就當作是這樣吧——」

話都還沒說完，A子突然湊到我面前，微微墊起腳尖瞪我。

明明表情很冷淡，但嚴厲的目光感覺都快射穿我了，讓我有些畏縮。

「牽手，算了。」

而且似乎還看穿了我的心思，故意將句子拆成兩段，還加重每個字。

我大失所望。「難得來海底隧道，就做一點像情侶的動作嘛。現在我們都快跨過情侶階段，變成老夫老妻的相處模式囉？」

雖然嘗試開玩笑想挽回她的心，A子還是沒有再理我，自顧自地又在海底隧道中間晃起來。

感覺對我的反應不是很開心……雖然真要說的話，她好像一直都是這種冷淡的態度。

不過在海底隧道的光影下漫步的單馬尾少女，依舊是比任何海洋生物都要美麗的景色。

A子不會預言自己死亡

走完莫名很長的海底隧道後，我和A子還去了極地動物區看笨拙的企鵝，冰冷的室溫跟A子的氛圍很搭配。

「幹嘛？」

似乎是察覺到我的視線，A子沒有回頭，但拋出了疑問。觀察企鵝走路的少女還是一號表情，害我忍不住問道。

「妳的興趣到底是啥？一般女生對可愛動物都會有點反應吧，或者說妳有沒有喜歡的東西？」

都忘了，這孩子能冷眼看著流浪狗被車撞死。

「那很重要？」

我眨了眨眼，沒想到她會這樣反問。有著如此理性的性格，生活是不是也沒什麼樂趣可言？

我的腦中閃過一個想法，故意朝她誇張地做了個鬼臉。

但就算玻璃牆後的企鵝都嚇得跌進水池裡，A子仍然沒什麼反應，搞得我只能乾笑。

「妳絕對能得日本忍笑節目的冠軍！完全逗不了妳笑。」

「多謝。」

不，這不是誇獎喔。

「不過這還是很重要吧？有沒有喜歡的東西這件事情。就像婚戒，就是能證明彼此關係的重要之物。

「就算妳不愛我，也有妳不愛我的證明，例如一張離婚證書之類的。

「人與人間的回憶本就需要很多方式去紀念，畢竟人的記憶是不可靠的。以前我的手機還有小藍華的照片，比現在的她可愛多了。

「不如留一張照片吧？我們來過水族館的紀念。」

其實我也不太愛拍照，但對象是A子，就完全不一樣了。

對於我的鬼扯A子只是點點頭，她將鬢角髮絲勾至耳後，以平靜的語氣道破我的花言巧語。

「炫耀。」

「嘖。」

被發現了，我想到處炫耀交到高中生女朋友。

不過我這系上邊緣人好像也沒有朋友可以吹牛，與A子的合照除了能拿來閃學姐之外，好像也沒有其他用途。

「我再想想，但這趟旅行不需要照片。」

表面上說再想想，其實是不想告訴我吧？讓我有些失望。

之後A子對海生館內的其他展區似乎不太有興趣，隨便走了一圈後，我們便離開了。

搭乘計程車去飯店的時候，夕陽正懸掛在不遠處的海平面上，已經遠超過入住時間了。

這間飯店在墾丁也是數一數二的高級，建築設計及裝潢以地中海風格的純白海藍搭配為主，室外除了泳池，更有一整片廣闊的白沙灘。

我們訂的是一樓的濱海高級雙人套房，畢竟之前也跟A子躺過同張床，再一起睡一晚也不會產生什麼問題——吧？

除了近萬的房錢是由A子支付這點有損自尊心之外，一切都很美好。

打開房間放下行李，本來想去墾丁大街走走的我卻被A子一把拉住，她身後隨著動作擺動的單馬尾果然很吸引目光。

「不吃飯店的晚宴？」她理所當然似地詢問我。

「連晚餐券也有啊。」

號稱是四星以上的飯店，提供的晚餐肯定不會多便宜。反正從一開始就是A子提出的旅行，乾脆就全部接受了吧。

不過實際晚餐的體驗——似乎沒有多好，雖然精緻明亮的裝潢跟飯店的星數還算相稱，中西夾雜的佳餚也讓人食指大動。

只是……

「沒什麼味道……」我老實地發出評價。

今天的味蕾是壞掉了嗎？雖然我對食物確實很挑，還是第一次吃到跟積水的發霉輪胎一樣難吃的牛排。

嚼著牛排的我相當不滿，如果還是少華時期，就會衝上去跟廚師大吵一架了吧。

A子又叉走我切好的牛排塊，跟我吃著同份食物。

「嗯，不好吃。」

單看這共食的親密動作，要說我們不是情侶也會被人懷疑吧。

雖然晚餐不太好吃，但好歹能填飽肚子，也躲過一次去街上花大錢的機會。

用完晚餐後果然要來享受一下飯店的設施，我找到一個可以占A子上風的機會——

「來比桌球吧。」

我們在住房大樓的角落找到很多休閒設施，我拿起桌球桌旁的球拍和球，對A子露出挑釁的笑容。

一看就知道A子是纖細的文藝少女，而且大部分的時間都窩在咖啡館，肯定——

對打半個鐘頭後，我拾起落在牆邊的桌球，懷疑起自己的人生。

竟然是幾乎連一分都沒拿過的慘敗。

「妳這種人根本就和每次考試前該著我沒讀書啦！結果都考滿分的學生沒兩樣啊？」

「平常會運動。」

呃，這強度差距可不是「平常會運動」一句能夠解釋的。

「妳在裝傻喔！我也會運動呀？但我看到妳的場合都是在咖啡店喝咖啡吃甜點，啊……」

也不算頓悟，但A子確實並非每天都會來咖啡店，跟我的幽會也不過是她生活的一小部分。

我對A子一點都不了解，更何況幾個月過去了，我竟連少女名字都不曉得。

「就這樣吧，如果今天我能夠贏過妳一次，妳就告訴我妳的本名吧。」

「直接告訴你也沒差。」

我比了大大的叉、露出燦笑。

「不～行！靠比賽贏得名字才有資格追妳。」

「隨你便。」

結果為了這孩子氣的賭注，我沒有在任何室內休閒設施上贏過她。玩過一輪之後，我們默默回到房間，又換上泳裝到泳池繼續比賽。就連游泳也是，看著率先用蝶式游回對面而坐在泳池邊緣的A子，我莫名的男性自尊已經一掃而空。

「我就爛！」

我一邊露出燦爛的笑容，對A子豎起拇指。

少女取下泳帽、水滴沿著烏黑的秀髮滑落，即便剛剛才經過激烈的運動，但她的喘氣並不如想像劇烈。

全身包覆著偏深藍的連身泳裝，A子的胸型與臀部並不算豐滿，但配上苗條如模特兒的身軀實在撩人。

如本人所言，她是真的有運動習慣，四肢維持著穠纖合度、具有美感的肌肉。

不知是不是注意到我偷瞄那雙雪白大腿的視線，A子迅速起身，默默往泳池外的白沙灘走去。

我連忙爬出泳池追上去，跟在後頭走一段路後，A子的頭髮似乎乾了不少。少女咬住髮圈撩起頭髮，很快就綁好單馬尾。

我欣賞著她那緊身泳裝的美背，直到綁完馬尾才加速走到她身邊，兩人繼續在空無一人的沙灘上散步。

一句話都沒說，但心情就是很平靜。

我厭倦人與人間的交流，雖然跟A子的相處也需要猜測揣摩，卻覺得她比很多人誠實、誠實太多。

不知不覺，我們已經認識數個月了。

階梯邊點著幾盞燈光提供照明，偶然回頭，只見赤足的我們，一同在沙灘上留下了兩排腳印。

初秋的夜晚已經帶著一點涼爽，沿著層層交疊的海浪邊緣，我朝著遠方的海平面看去，本來星空漁火應該相當醒目，但某種存在卻蓋過了船隻。

是高掛在夜空之中，占滿天際的巨大天體。

那深褐色的表面上覆蓋著熟悉的流動斑紋——我認出來那是木星，巨大的天體讓我產生一種錯覺，彷彿地球只是木星的其中一顆衛星。

「地球——有離木星這麼近嗎？」

「因為，地球是木星的衛星之一。」

因為A子這麼說，我便理所當然地相信了。

「原來如——」

話同樣還沒說完，這次A子又繞到我面前，就站在海浪的邊緣。

冷冷的視線注視著我，恐怕比她腳邊的海水還要低溫吧。

「怎麼？雖然妳平常就臭著臉，但怎麼感覺今天的脾氣更差了？」

我一如往常地調侃，A子的反應卻不太一樣。她不快地、小小力地——跺了跺腳。

跺腳？孩子氣的動作莫名可愛，但她似乎非常不開心呢。

「我沒有綁馬尾的習慣。」

「所以？難得旅行換個髮型很OK吧？」

一邊說著，少女慢慢解開了頭髮。

烏黑髮絲隨風飄逸，仍穿著緊身泳裝的A子對我勾起嘴角。因為她很少笑，這抹笑容倒像是在嘲笑我的愚蠢。

「笨。」

A子只說了一字。然後——眼前所見便徹底崩解。

在黑暗中，我聽到她補充一句。

「我換髮型，總該問一下原因。」

這句話的語氣就真的讓我感受到了，A子身為青春少女對異性遲鈍的不滿……

睜開眼睛，映入眼簾的事物是看慣的白色天花板，我這才意識到很多事情。

「靠……」

擦掉額頭的冷汗，我衝下床拉開桌邊的窗簾，只見外頭的景色已經暗了下來。

一樣是夜晚，但拿起床邊的手機一對照就發現不對。現在已經是週六晚上，我卻還在臺北的小套房。

也就是說——從昨天A子到我家睡覺後，我們根本沒有搭高鐵去墾丁。

這一切全都是場夢。說不上真實、有些部分甚至太過誇張，我卻無法分辨……就只是這樣的美夢。

室內凝滯的空氣讓人煩悶，我盯著剛坐起身的A子，雖然那惺忪的睡臉有點可愛，我的心情還是以莫名其妙居多。

「妳說要出去玩，結果我們只是躺在床上做夢？」

我搔了搔頭，完全不能理解A子的腦袋裡到底是裝了什麼。這傢伙在夢中好像還比較可愛一點。

與其去研究她，我對某個事實更感到震撼。

「明明之前進入學姐的雪國時就察覺到是夢了，這次我卻完全沒有意識到……」

不說她特地綁單馬尾這點，一開始出左營高鐵站時那稀少的人數就已經充滿了異常。還有沒有味道的御飯糰和飯店晚餐，是味覺在夢中難以重現？

無論如何，我都沒有察覺到那只是一場夢。

A子還是不理我，應該說她又抱著衣服去浴室盥洗，出來時竟穿著夢境中的打扮，也就是那件黑短袖上衣和牛仔褲。

再加上吹完頭髮後綁起的單馬尾，對我來說實在是有點嘲諷哪。

「好好好，我知道妳平常都不會綁單馬尾了啦！」

「……這樣不行。」

她只是冷淡地回應我的抱怨。到底是哪邊不行？

只見整理完儀容的A子抓起自己的包包，往家門的方向走去。

「陪我去一個地方，當作對你的補償。」

大概是為了安撫我吧，聽到「補償」兩個字，我的心情是好了一點。

我們搭乘擁擠的捷運，接著在繁華的都心走一段路之後，A子想要我陪她去的地方完全出乎了我的意料。

凝視著高樓下繁華的大都市夜景，我無奈地嘆了口氣。

這裡是一〇一大樓觀景臺，購買票券後搭電梯直奔八十九樓，不管是身為袁少華時還是成為劉松霖後我都沒有特地來過，就這點來看倒是很新鮮。

落地窗外的臺北夜景一覽無遺，由於剛從墾丁旅行的夢境中醒來，不知為何覺得底下那些移動的車潮不太真實。

幸好，有人提醒我這裡果然是現實。

「呼呼～有沒有在夢中想到小I呀？爹地真的很廢耶！」

上觀景臺後，我刻意跟A子錯開一段距離，望著窗外整理情緒，果然那煩人的怪物很快就冒頭了。

「還想說為什麼沒看到妳……」

「因為那是她的夢嘛！如果我草率現身的話，一下就會被發現了呢。」

左看右瞧，此刻的小I似乎也還在擔心A子會從哪邊突然冒出來。

「妳們碰面是會融合喔？」我笑著調侃。

「才不會！小I跟A子是完全不同的個體喔，人家只是真的很討厭她。」

小I飄到玻璃窗前，雙手碰在上頭，興奮到像是連臉都想貼上去。

「哇——臺北的夜景很漂亮呢，跟我看過的完全不一樣。」

她發自內心地稱讚，我則是聳了聳肩。

「普普通通，紐約的夜景更漂亮吧。」

「哼，我都沒機會出國呢，就是一個鄉巴佬啦！都怪爹地啦！」

抱歉呀，現在的劉松霖只是個窮鬼，不過感覺她想表達的涵義遠不止如此。

穿著紅雨衣的怪物少女繼續注視著底下的景色，側臉露出懷念的表情。

「真希望以前能找到機會跟爹地好好出去玩。」她的聲音越來越低，最後已經是呢喃般的自言自語，「就算那裡本質上是個空洞的世界……」

A子不會預言自己死亡

因為不知道怎麼回應，我沒有多問什麼。

將夜景一次看個夠後，心滿意足的小I似乎打算就此消失，身體開始變得更加透明。

「妳要回去夢裡了？」

「當然，爹地正在跟A子約會吧？我祝你們趕快分手喔。」

先不說我們的關係有沒有這麼單純，不過眼看小I又要落跑了，乾脆趁這個機會，將我出門前就放在心中的疑問，向這怪物問個明白。

「等等，有個問題想請教啊——為什麼我沒發現剛剛是在做夢？」

A子很少對我做沒有意義的惡作劇，如果不能找出這次跟雪國的差別，我有種很不妙的預感。

這句話讓小I認真地皺眉起來，經過一番沉思才回答。

「重點不是夢境夠不夠真實……而是爹地你願不願意去認知這就是現實。」她意有所指地頓了頓，「雖然不想這麼說——某種程度上這代表你很信任她呢。」

留下這些話後，嬌小的怪物在瞬間不見蹤影。我眨了眨眼。

「完全聽不懂妳的意思，這跟A子賣弄尼采名言好像沒兩樣。」妳果然就是她的分身吧。

我搖搖頭，抬腳沿著觀景窗前進，去和在另一頭看夜景的A子會合。

我笑著走上前，還是決定從玩笑話開始。

「我沒有對妳的舉動生氣啦，雖然如果能在現實中玩水還是爽多了。」

特別是那緊身泳裝，果然還是想親眼看一次。

「嗯。」

A子自然不知道我的腦內遐想，只是輕輕應了一聲。

對話到此結束，少女繼續靜靜注視著窗外的夜景，單馬尾下方露出的後頸吸引了我的目光。

就算是能預言命運的少女，像這樣襯著下方那座龐大並運行不止的社會，總覺得特別渺小。

她的側臉果然跟小I很像，又有些不同。如此相似，又終究相異的二重身。

寄宿在我夢中的怪物，究竟是什麼來頭？實在越來越不明白。

這時，耳邊傳來了A子的低語。

「看著夜景，讓人心情平靜。」

很少聽到A子這樣發表內心的想法。但從之前的經驗來看，A子訴說自己的心情時，似乎都不會有好事發生。

她轉頭注視我，這次卻不是本來深邃卻漂亮的眼眸。

那是來自夢境、布滿雜訊的異常之眼——沉睡在夢境深處的怪物，再次嘗試爬上地表。

「**你會死**，在慈善晚會前一睡不醒。」

這次，是預言我的死亡。

第四章
索愛

Miss A Would Not Foretell
Her Own Death

僥倖到可說是奇蹟般地活下來的我，沒想到會收到A子的死亡預言。

雖然人一定會死，但如果是一睡不醒——以劉松霖的狀況來看，肯定不是正常的死因。

由於已漸漸清楚A子預言的特性，我先問了一句。

「既然是妳看到的某種可能性，我的死果然跟藍華有關？」

「……」

A子依舊注視著窗外的夜景，並沒有正面回應。

即使如此，也無法迴避我的命運、不，是我與A子的命運都與藍華有所連結的事實。

問題就在這本身。

「果然是因為藍華恨我，她才想找機會下手復仇吧。」

先不論藍華會用什麼方法讓我做著永不甦醒的美夢（或逃脫不了的惡夢？），現在這張要陪她實現的願望清單，想必就是下手的絕佳機會。

「這也代表——我與劉明輝的存在，就是藍華夢境裡怪物的源頭……」

就如學姐的雪國是源自她的母親的一句無心責備，我相信總有個原因形塑出藍華的怪物。

「不是。」

少女迅速的否定卻讓我眨了眨眼，腦袋不免感到混亂。

「不——這果然很奇怪，藍華恨我是可以想像的，如果不是這個理由，那我為什麼會死？」

A子靠了過來，抬頭靜靜凝視著我。

即使這幾個月來她一直都是如此不冷不熱，我們之間的關係仍舊緩慢推進著。

我漸漸能看透，那無情的舉止之下，其實是在傳達「請信任我」的訊息。

「請繼續陪伴你妹妹。」

A子的建議自始自終都沒有改變，因此我只能搔頭笑著回應。

「我是相信妳啦，不然就這樣死掉妳也會很困擾吧……」

我的出現可能改變A子的死亡命運，純粹以利益的角度考量，她也不可能讓我莫名其妙死在這個月。

「但妳也知道，坐以待斃不是我的作風。」

對於我的回應，A子只是靜靜注視著我。

「隨你便。」

這是已經聽習慣的臺詞，但也是這種態度反而讓人放心。

因為這就代表著，我確實必須採取更多行動去找出真相。

人會被眼前所見限制思考。

不管我如何努力灌注情感，藍華的第一個願望也不會實現。

我沒辦法彈奏出屬於袁少華的《月光》，存在於她夢境中的心傷也不會痊癒。

可至少我能確信，失去親人的妹妹這幾年過得很寂寞。或許是面對殘酷現實的孤獨，讓她敏感的內心變得更加扭曲。

但我的肉體是劉松霖，現在只能以加害者後代的身分構築與藍華的基本關係，於是，我註定無法再親近她的內心——不過我還是有一些優勢。

我的靈魂依舊是袁少華本人。

所以袁少華對妹妹的期望，終究只有我自己最清楚。

結束與A子的「幸福約會」後，我主動打了電話，並且執行我早已習慣的卑劣行為——說謊。

「松霖哥，你說——你在我哥死前有和我哥交談過？」

這句反問讓我頓了頓，如果藍華是當面質問，我恐怕沒辦法冷靜地應對吧。

「嗯，抱歉之前說謊了。但少華哥確實有跟我提過，特別是關於妳的事情。」

藍華那頭沉默了許久，久到我都懷疑對方已經掛了電話。

「真的──嗎？」

與其說是帶著不信任，不如說是壓抑著情緒、幾乎要發脾氣的回應。她的態度讓我有些困惑，但我只能選擇承受這種質問，畢竟說謊的就是我。

「我很抱歉，之前是擔心妳會難過，所以隱瞞了這件事。」我深吸一口氣，「當年的我只是個小孩，但我一直對自己沒能拯救少華哥感到愧疚。」

明明劉松霖延續了我的生命，如今卻為了說一個謊，而編織出更多的謊言。

「好吧……」

感覺藍華欲言又止，我還聽到了微微的嘆氣聲。

「我接受這個理由。」

聽起來不像是坦然接受了，不過藍華似乎也不想繼續糾纏下去。

「松霖哥不需要責備自己，那時候我們都只是小孩子，只能向這世界丟出軟弱的紙球。」

軟弱的紙球，真是不錯卻殘酷的比喻。

「所以我哥對我的真實願望又是什麼呢？」

電話這一頭的我露出笑容，趕快說道：「有很多願望呀，真的很多……」

之後花了一些時間，跟藍華安排實現願望的計畫後，我才抱著複雜的心情結束通話，乾脆躺到床上發呆。

總算是藉此取回了主動權，或許還能在更多互動中找到進入藍華夢境的機會，看一下那片孤挺花海的源頭是什麼畫面。

但這樣……又能改變什麼？

無論如何，袁少華被劉明輝殺害，是已經無可挽回的事實。因此被留下的人，內心都註定留下一個無法填補的破口。

一想到此，我的心情就沉了下去，一回神，眼前的空白天花板卻突然冒出一張大大的鬼臉、擠眉弄眼的。

「只覺得可愛，一點都不可怕啊。」

我無奈地嘆氣，飄在空中的紅雨衣少女嘖了一聲後，反而綻放出天真可愛的笑容。

雖然自己的怪物是吵了點，最近卻覺得有小I陪伴在身邊，其實也還不錯。

「難過的話就對著鏡子做做鬼臉！」

「要自己嚇自己幹嘛啊？」

「嘻嘻。」

這份爽朗的笑容，真希望A子多多學習。

才這麼想，小I卻露出略帶哀傷的表情，以溫柔的語氣開口。

「爹地，做出你自己想要的選擇就對了。沒有選擇能不傷害到任何人，就算是我也沒辦法徹底放開，但……」

少女似乎想起了什麼過往而難過地皺眉，但很快又露出笑容。

「能『活在此刻』，不是已經很好了嗎？」

小I微笑著安慰我，所以──我也只能開心地笑了。

說得也沒錯啊，能活在當下……

在做哥哥的眼中，妹妹永遠都長不大。

就算親眼看見藍華以卓越的技巧詮釋蕭邦的鋼琴曲，不只長大、也逐漸成為獨當一面的大人，現在的我還是把她當作小孩子。

失去的回憶長達數年，我無法得知那是怎樣的一段空白，只能盡力透過這短短的幾天去填補。

由於藍華週日有事不方便，我自己想像的願望清單便從週一傍晚開始。

第一個願望——我和藍華各自借了一輛YOUBIKE，兩人在河邊的自行車道騎乘。

由於藍華才剛下課就趕過來，我還是第一次看到她穿學校的制服。跟A子不同，是水手服搭配格子裙的款式，貌似是某間藝校的制服。

「如何呢？松霖哥。」

在開始騎腳踏車前，藍華不知為何在我面前轉了一圈，似乎在問這套制服的評價。

「嗯，很可愛呢～」

「只有這點想法？」

小聲嘟噥的她看起來很不服氣，我忍不住露出笑容調侃。

「妳是想要什麼評價呀？就算在班上，妳的才能也是數一數二的吧，我也想要像妳一樣厲害的妹妹呀。」

她眨了眨眼，表情充滿懷念。

「是嗎？但我覺得我輸給了哥哥。我看過他以前表演的影片……」她輕輕嘆了口氣，「他從來不願意在我面前彈鋼琴，還跑去讀了普通高中。」

就像面前這平坦的自行車道，袁少華明明有康莊大道能走，卻選擇了崎嶇的小路。

我不想糾結在這個話題上，所以先跨上腳踏車往前騎。

藍華受到我的帶動，也只能跟著騎上車。看到她流暢的動作，我露出了笑容。

「妳騎得不錯呀。」

看向沿著道路邊緣順利騎著腳踏車的藍華，我滿意地點頭。

我曾希望小藍華能快點學會騎腳踏車——以前畏縮的她除了彈鋼琴，很多事情都不太敢做。

「過那麼多年了，我已經會騎腳踏車也很正常……」藍華露出羞赧的表情，「雖然也是我長高一點後，才比較敢騎腳踏車呢。」

可惜我哥沒機會看到我長高了——或許這次是顧忌著我的感受，才沒有多說這樣的話吧。

想起以前總是要我在後面扶著腳踏車、神色緊張的小藍華，我忍不住露出笑容。

藍華確實長大了，相當不可思議的，我直到這一刻才有實感。不只是外貌變成熟了，她已經能自己去做更多事情了。

週三晚上，我利用打工的空檔時間，在店內的角落陪藍華下西洋棋。

「Checkmate！」

喊出來的是我，藍華皺眉看著無處可逃的國王，最後搖了搖頭乖乖認輸。

「松霖哥的實力——跟我哥差不多呢。」

對於她的稱讚，我只是笑著粉飾。

「無聊的時候會玩一下西洋棋啦，因為沒認識什麼朋友，我只能在網路上玩。」

不過這幾年下來，我妹下棋的能力確實成長了，看來她常常在練習呀。

「我的西洋棋其實下得不怎麼樣，但每個人都有擅長與不擅長的事情，就像棋盤上的每一顆棋子，都有各自的行走方式。」

我笑著胡扯一些安慰的話，一邊將棋盤上的棋子重新擺好。抬頭時，卻看到藍華以認真的表情注視著我。

「松霖哥，那你自認擅長什麼事情呢？」

對於她的詢問，我只是繼續勾著嘴角、瞇起雙眼回答。

「與其說是擅長，不如說是慣於掩蓋一切。」

某些真相不管再怎麼吶喊，這個世界也不可能接受，即使如此，我卻還是想保留僅有的自我。過往被奪走、未來卻不屬於我，多年來充斥內心的茫然痛苦與矛盾衝突，最終是A子拯救了我。

「就是『說謊』的意思？」藍華只是眨了眨眼，以擔憂的語氣反問。

我想了想，當然只能將部分真相藏起，以迂迴的方式描述我的想法。

「如果有一個決定能讓重視之人受益，即使那會否定自己的價值，我也會毫不猶豫地去達成。」我低頭一笑，「或許是因為自己的父親做了那種不可原諒的事，讓我帶著這種自毀的想法活到現在吧？哈哈。」

其實是劉松霖給了我這樣的價值觀，不過這對父子對我來說也算一種因果。

「就算說謊會傷害那人的心嗎？」面對我的說詞，藍華卻難掩悲傷的表情，坐在棋盤另一端正色質問我。「我想了解松霖哥的真實想法，請告訴我。」

那是帶著真摯情感的詢問，藍華似乎在觀察我的反應，但我也只能露出做作的笑容。

總覺得氣氛因為這段對談又有些緊繃，但這次卻沒浮現孤挺花的異象，這中間的差異是……

就在我謹慎地斟酌著該怎麼回答的時候，旁邊突然有人插了一嘴。

「老闆說你在上班時間偷下棋，要扣你薪水喔。」提醒我的是學姐。

「對不起！」

藍華也感到不好意思，我們迅速把棋盤收一收，最後匆忙解散了。

事後我請了學姐飲料，如果她沒在那個時機插進來，總覺得會不可收拾。

「哼，我知道學弟你一點都不擅長說謊呀。」

原來是祐希學姐故意插進來解圍的，我只能笑著安撫學姐。

「學姐，妳最近好像變胖一點了。」只是慣於說謊，果然不等於是擅長說謊，所以我決定說出真心話。

「去死！」

三天過去了，目前為止，還算是順利地完成了兩個願望。

雖然沒有問到更深入的情報，可這兩次也沒有遇到夢境洩漏，這應該代表她的精神狀態比較穩定。

會讓藍華選擇在慈善晚會消失、而我會莫名死亡的原因仍然毫無頭緒，但我還是跟她約好了下次見面的時間。

把時間訂在週末並不是想逃避，而是因為下一個願望比較麻煩，等待東西送來需要一段時間。

幸好訂購的商品有即時送到，很快便迎來了星期六的夜晚，也是中秋連假的前一天。今年中秋節在九月二十一日，因此連假就一路從九月十八放到九月二十一日，總共有四天。

這一晚我安排了比較詳細的計畫，不只是願望比較多，其中也有一個很重要的、當年來不及完成的遺憾。

傍晚時分，我搭捷運到美麗華百貨的門口，藍華身上依舊是清新的淡藍洋裝與薄外套的穿搭。

我則依舊穿著普通的襯衫牛仔褲，不過她很快就注意到某個特別顯眼的部分。

「松霖哥，你的背包好像滿大的？」

我笑著回應：「裡面有個祕密～晚點再告訴妳吧。」

我事先訂好了位，我們便先到美麗華的某間吃到飽火鍋用餐。

「杏鮑菇我也很愛，哥哥更喜歡呢。」

看到我夾了不少蘑菇，端著盤子跟在後頭的藍華這麼說。

「是嗎？那妳喜歡吃哪種蔬菜？」

我只是笑著轉移話題，畢竟我也不可能知道劉松霖到底喜歡吃什麼，終究是選自己喜歡的食材。

「我嗎？大概是……」

用餐氣氛還算和樂，吃飯也容易讓人放下戒心，雖然會觸碰到心傷，我還是藉這個機會問了一下這幾年袁家的狀況。

「妳的父親和母親最近還好嗎？」

藍華夾著肉片的手停在半空中，表情微微一沉，片刻後才小聲回應。

「爸爸一直都很忙，在那年之後，他更加埋首在工作中，加強基金會的運作也是為了轉移注意力吧。」

「媽媽的話——她的精神並不是很好，我不便透露太多，不好意思。」

我點頭接受了，畢竟對她來說我只是加害者的後代，當敵人都來不及了，更別說要深談家務事。

這部分去查新聞應該也查得到，但不知是不是被我爸壓下來的關係，很多內容都點到為止，從來沒有深入去講張嘉嘉是什麼狀況。

母親是嚴厲又堅強的女性，我一直是這麼認為的。雖然我對她的教育方式始終不認同，但撇除我不談，她還是教導出藍華這樣出色的女兒。站在兒子的立場，我還是希望她能身體健康。

父母的狀況有沒有影響到藍華？這一直是我擔憂的部分，不過藍華也很聰明，馬上就把問題丟回我身上。

「你呢？松霖哥——這幾年應該過得很辛苦吧？」

連回憶都不想，我坦率地回答了藍華。

「我姑姑收留了我，但我很少回去那個家，從高中就想辦法住在外面了。」

藍華因此露出難過的表情。那富有同情心的感受能力也是她音樂才能的源頭吧，真是個好孩子。

「如果可以的話，你也能來住我家。」

「啊？我們雖然很早就知道彼此的存在，但實際上只有認識幾天喔？」

這個要求也太大膽了？我困惑地頓了頓，迅速擺出燦爛的笑容提醒她。

藍華也意識到這突如其來的回應很奇怪，雙頰隨即發紅。

「不是那個意思，我家是獨棟、很大的——借一間給松霖哥住也沒關係。」

雖然藍華對我的態度很不錯，但我沒想過她會提出這種邀請，難道是想找個好機會對我痛下殺手嗎……

「這邀請我聽起來當然很棒呀，但還是對妳男朋友講吧。」

「我忙著學音樂才沒有——對了，松霖哥沒有女朋友嗎？」

想起A子冷淡的表情，我最後點點頭。

「有呀。」

本來還有點拘謹的藍華，不知為何雙眼一亮。

「你女朋友如何？請務必告訴我！」莫名亢奮的她神色非常認真，似乎不容許一絲謊言。「絕對！絕對不能像我哥喔？專交些超爛的女朋友！」

我只能趕快吃肉裝傻。以前是常常帶女生回家過夜，但沒幾天就換一個，恐怕在小藍華的內心留下了不小的陰影。

之後話題就繞不回來了，藍華開始針對我的女朋友做身家調查，害我只能說更大的謊，把A子塑造成同校中文系的氣質學生。

「是很好的女孩子呢。」她做出了結論，看起來似乎放心了不少。

不，A子很壞啦。

到底在幹什麼呢？總覺得她對敵人也太仁慈了點，但至少氣氛還不錯。

飽餐一頓後，我與藍華一同去看新上檔的名偵探科北劇場版。

在被綁架前，我才跟小藍華約好要去看那年的名偵探電影——這系列劇場版竟然活到了二〇二一年？不愧是日本長青作品。

電影很精采，記得是預算不低的動畫電影，有不少充滿動作感的大場面，還有很多的爆破。我和藍華都看得很開心，電影結束後，外頭的夜幕已經降臨。

回家前，我們決定在美麗華內的商店晃晃。藍華走入一間服飾店，拿起一件女式上衣仔細瞧著，同時漫不經心地問道。

「啊對了，松霖哥——所以凶手是誰呢？」

我左思右想，然後說出心中的老實話：「是誰啊，好像不重要吧。」

一聽到我的回應，藍華先是開心地輕聲笑著，但在愉快的表情後，她卻露出促狹的笑容。

「是嗎？『真相』不重要嗎？」

「嗯？」我裝傻地應了一聲。對方這樣帶著威脅語氣反問，讓我後背冒出了冷汗。

不過緊繃的氣氛只維持了幾秒，少女眨了眨眼，回復平常給人的輕柔感。

「如果松霖哥覺得OK就這樣囉，因為你很擅長說謊呀。有時候確實——不要知道真相比較好。」

彷彿暗示著什麼，藍華撥了撥頭髮，朝我勾起嘴角。

「雖然，凶手的動機難以靠偵探推理全盤了解，但如果能直接看到動機的話，還能稱作偵探嗎？」

對於她的反問，我只能擺出虛偽的笑容。「也是有先得知動機才展開的故事吧。」

她愣了愣，表情因此變得相當難過。

「那樣——肯定是很悲傷的故事。」低聲這麼說完後，藍華還是重新振作起來。「電影是真的很好看，謝謝你的電影票。」

畢竟是我的請求，當然就自掏腰包請她了。

藍華拿出項鍊，凝視裡頭的玻璃珠。「如果哥哥能看到今天的電影……」

那一瞬間，我彷彿看到天藍玻璃珠中正翻攪著海浪。

之後我們又隨興逛了幾間店面，不過這不是我的目的，今晚還有兩個願望想達成。

雙北百貨何其多，偏偏挑選這間美麗華百貨也是為了這個理由。我帶著藍華往高樓層邁進，一面告訴她少華的下一個願望。

在排隊買票的時候藍華有點緊張，但買好時情緒似乎平穩了不少。

「我要先告訴松霖哥，我一點都不怕高喔。」

或許是覺得都幾歲了還不敢搭太丟臉，當我們在人龍中等待進入車廂時，藍華輕聲強調著，不知道是想說服我、還是說服她自己。

「其實不用擔心啦！車廂裡面很安穩的，還會無聊到想打瞌睡。」

我安撫藍華，瞧著面前旋轉發光的設施露出微笑。

臺北美麗華百貨的頂樓有一座摩天輪，曾經算是滿著名的景點。

過去的我曾經想帶小藍華來搭，反而被她死死抱住大腿而取消了。當時還是小孩子的她非常怕高。

現在的藍華看起來應該好多了，當我們總算排到最前頭，依工作人員指示進入箱體內時，她的表情還是相當平靜。

雖然身體好像在微微顫抖，真可愛呀。

「真的不怕嗎？」我忍不住想逗她。

「才不怕。」即便臉色有些發白，她仍舊沒有抵抗地走入車廂。

車廂漸漸爬高，臺北市璀璨的夜景同時盡收眼底，不過我有點索然無味。畢竟不久前才跟A子去了一趟一〇一觀景臺，看夜景的次數有點太頻繁，不同角度、高度看出去的雙北地區是有不太一樣的風味，但醉翁之意並不在酒。

當然我不是要對自己妹妹下手，摩天輪繞一圈至少也是十多分鐘，足夠完成一個願望。

我打開最初就被藍華注意到的大背包，拿出裡面的東西。

「這是——」

藍華驚訝地睜大眼睛，我則露出燦笑。

「生日快樂！雖然妳的生日不是這時候，而是在二月十五吧？」是敏感卻有藝術氣息的雙魚座，很適合我妹的星座。

我準備的生日禮物是一隻三十公分以上的棕色大泰迪熊，所以才用背包裝起來。

而且是特別客製的獨特款，脖子上的蝴蝶結和藍華綁公主頭的髮飾類似，兩顆眼睛還是與玻璃珠項鍊相仿的藍色水晶珠。

「我是請廠商特別訂製的喔，雖然多花了一點錢，但很值得呢。妳看它的腳掌，也不是普通的肉球。」

藍華翻轉泰迪熊觀察腳底，輕聲開口。

「音符……」

是設計成音符圖案的肉球。我點點頭，勾起嘴角補充。

「當年少華哥就想送妳一隻泰迪熊了，他說他沒什麼人生目標，但對這份生日禮物沒辦法送出去感到懊悔。」

在藍華的生日到來之前，袁少華就被撕票離開人世了。藍華緊緊抱住大泰迪熊，淚水默默落下。

「謝謝你……」

我搔了搔頭，假裝在看外面的夜景，胸口湧現暖意。

「因為有點重，妳抱一抱就先還我吧，我幫妳背到捷運站。」

「嗯……」

默默聽著藍華的啜泣聲，我的鼻頭也有些酸澀。

這麼多年就這樣過去了，我曾經是如此討厭袁家，恨不得自己出生在普通的家庭。但現在一想起那些失去的、無法再創造的回憶，內心果然還是相當空蕩。

可惜，逝去的人並不會回來。

「很抱歉，我沒辦法讓少華哥活下來。如果有機會的話——我希望能取代袁少華死去。」

我閉上眼，卻想起劉松霖的笑容，以及他或許曾經擁有的、對我這沒用大人的期望。

「這隻泰迪熊如果能撫慰妳的心傷，就算只有一點點，如果能代替妳哥陪伴妳的話，我就很高興了。」

可這句話，終究成為點燃火種的導火線。

「為什麼？」藍華大聲地質問。

如果要責罵我的話就快點罵吧！我已經做好覺悟，來到位於高空的摩天輪也是為了這個機會。

但正面注視著我的藍華，只是非常非常傷心。

那或許是連懸掛在胸口的天藍玻璃珠都無法容納的情感——從夢境中擴散的濃烈孤挺花海占滿了整座車廂，彷彿狹小的空間在瞬間陷入火場。

孤挺花那挺立的莖扭曲舞動、變形的花瓣訴說著花海主人的憤怒與悲傷，襲擊鼻頭的芬芳更讓人腦袋暈眩。

當火紅的美麗過於強烈，反而成為一種視覺上的恐懼，讓人幾近瘋狂卻無法逃離，身體似乎也要跟著燒成灰燼。

明明是無法到達地表的怪物，卻因為藍華的激烈情緒而震撼著我的心靈。雙頰掉淚的藍華起身捧起我的臉頰，最後脫口而出的依舊是質問。

「為什麼要擅長說謊？為什麼要——不停不停傷害自己呢？」

我呆望著落淚的藍華，竟無話可說。

「松霖哥，你聽過孤挺花的傳說嗎？」

不等我回答，淚流不止的少女低下頭，輕聲講述起來。

「孤挺花的英文Amaryllis，是希臘神話中一位少女的名字……

「少女的村莊住著一位英俊的牧羊人，但牧羊人對她不感興趣，只是全心全意地注視他種植的花朵。

少女想獲得牧羊人的注意，一位女祭司給予了她建議。只要將黃金箭頭刺穿自己的心臟，每天沿著同樣的道路去見牧羊人，最後將會發生奇蹟……

「果然在三十天後，少女走過的道路長出火紅的花朵，她收集成花束送給牧羊人。對方見到又驚又喜，直呼是他沒見過的花。

「被打動的牧羊人最終與少女在一起了，而那些花朵就被命名為Amaryllis，也就是愛人的名字。」

那落入花叢中的淚水，我一度也以為會再次冒出鮮紅的孤挺花。然而說完故事的藍華，卻以異常冰冷的表情瞪著我。

「孤挺花也因此得到了一個花語——**渴望被愛。**」

渴望被愛嗎？

難道這就是藍華的花海全是孤挺花的緣由？真是莫名諷刺的答案。

強烈的悲傷情緒似乎已經退去，藍華勾起了嘴角。

「松霖哥，這樣真的好嗎？你真的不願意——面對真相嗎？」

兩人距離異常接近，少女只是露出先前那樣危險的笑容。

「寧願讓少女流乾鮮血，只能孤獨死去嗎？」

連續的發問不允許我插嘴，也不想得到真正的解答。

這可不是我妹充滿溺愛的告白，因為我出自本能地感受到了……難以言喻的危險。

車廂內的孤挺花越來越茂盛，我的視線幾乎只剩下藍華平靜卻顯得異常瘋狂的微笑。

「我……」

少女的食指輕點住我的雙唇，要我好好閉上嘴巴。

「你或許不知道吧——我曾經看過死去的親人。」

陰陽眼？這時候提這件事情？

「奶奶還有媽媽——啊……」

呢喃著的藍華突然表情扭曲，她緊咬住粉紅的雙唇，力道之大甚至滲出了鮮血。

似乎是因為我妹開始壓抑情緒的關係，面前過度膨脹的孤挺花海逐漸退去，濃烈的芳香也開始散去。

「對不起——松霖哥。」

少女再次落下淚水，退回座椅角落縮起雙腿，將臉頰埋入臂彎。

情緒前後落差之大讓人驚訝，我反而不知道該如何安撫。

「雖然我哥告訴我不要對別人提起……」

少女抬起頭，雙手緊緊抓住玻璃珠項鍊，以悲傷的表情凝視我，彷彿忍受著極大的痛苦。

A子不會預言自己死亡

「但——那不是單純的『陰陽眼』。如果當初早點告訴哥哥的話，或許就不會這麼痛苦了。」

不是陰陽眼？那藍華究竟看到了什麼？

我很想追問，摩天輪卻好死不死在此時轉完一圈，回到了入口處。

工作人員一開啟車廂，藍華刻拔腿衝了出去，我連句話都來不及說。

我趕快把泰迪熊放進背包，想追上去拉住妹妹的手，但百貨公司到了晚上還是有不少人潮，我一下就被人群擠開而錯失了機會。

最後，只能喘氣看著來往的群眾，懊悔著自己的無力。

是對哥哥的死無法釋懷嗎？還是憎恨著能好好活在此刻的我？

不過，藍華似乎話中有話，暗示著這件事並不單純——或許遠超過我的想像。

即使週六痛苦的行程結束了，在一週的最後，我跟另一位女高中生還有個例行性的約定。

A子身上還是見慣的襯衫與短裙的組合。或許是對方熟悉的穿著和態度，反而讓現在的我感到安心。

蹲到在澆向日葵水的A子旁邊，我把內心的畏懼說出口。

「藍華的心傷完全沒有獲得治癒，那看起來超不妙的孤挺花海越開越旺盛了。」

「嗯。」A子抓起啃食葉片的蟲子，直接扔向陽臺外的大海。

太殘忍了吧！雖然內心這樣隨興吐槽著，我的情緒卻依舊沮喪。

只好順著A子的動作，轉而看向海平面上的落日，將天際映成末日般的橘紅。

我嘆了口氣，看向身旁的大泰迪熊。

最終禮物還是沒能送出去，我就乾脆拿到這邊放了，真是糟糕的結局。

「我跟藍華吵了一架，這隻泰迪熊最後也沒送出去——是我當年沒送出去的生日禮物。」

難掩內心的焦躁，我只能搔著頭髮努力思考。

明明觀察了幾個星期，我能察覺妹妹有一些異樣的表現，卻完全找不到其中的關鍵。

最難解的，果然就是動機吧。

一如學姐那次，最終我還是只能將希望寄託在A子上嗎？

我嘆了口氣，只能幫助A子裝水澆花來轉移心情，看能不能讓自己的思緒沉澱一些。

在辛勤一段時間後，A子終於停下手邊的園藝工作，但黑長直少女只是趴在欄杆邊，享受著午後舒服的海風。

「少華。」

她突然叫出我的名字，讓我精神一振。

「妳終於要給建議了嗎？」

對於我的調侃，A子卻搖了搖頭。

「命運只有軌跡，軌跡不能代表整體。這次的狀況，無法殺掉怪物本身。」

這些都是已知的情報，但我更好奇的是造成差別的原因。

「這些我都有聽妳提過，這就代表這次不能像之前那樣破壞夢境削弱怪物吧？所以到底是什麼地方造成這種差異？」我頓了頓，「還有，之前我跟妳說過吧？小藍華似乎有陰陽眼，但她本人卻說那不是？這倒底是怎麼回事？也跟怪物有關嗎？」

我確實心情非常糟糕，最後也只能幹出咄咄逼人這種蠢事。

少女閉目沉思，然後給予了一個過於驚人的答案。

「袁藍華的怪物源頭不位於未來，而是過去。」她轉頭凝視著我，「跟徐祐希的狀況不同，你之前是透過給予徐祐希許諾抑制怪物。但這次，過去早已是既定事實。」

難得她會詳細解釋，但這之後卻是更讓人不安的內容。

「除非你想殺掉袁藍華，以阻止自己的死亡。」

「……啥？」我傻眼了。

A子沒有完全解答到我的疑問，又提供無解的方法。

可以肯定，這不是解決事件的唯一方式。既然A子看到了更遙遠的、我可能幫助她擺脫命運束縛的未來，我就不可能會親手殺掉自己的妹妹。

對於說不出話的我，A子冷淡的雙瞳再次充斥滿雜訊——

「你將會面臨一個抉擇。」

就算那臺電視只有黑白畫面，她還是看到了那種可能的未來。

「這個抉擇，你必須做出決定。即便會傷害到誰，你也必須依從內心。」

我內心沉重地聽著A子的叮嚀，看著展現出些許情緒的少女，卻由衷地覺得，這一段時間的相處後，果然並非只有壞事可言。

就這樣一直悶在心裡也沒有幫助，我注意到腳邊裝滿山泉水的水桶——或許還是抒發一下比較好。

不想只在夢中玩水，閃過這樣的想法後，我決定付出行動。

「別再說些似是而非的話啦，放鬆一下吧。」

話還沒說完，我就雙手抓起水桶，往沒有防備的少女身上潑去。

A子大概也沒預料到我的突襲，全身被水淋得溼透。她用力盯著我，水滴沿秀髮一滴滴滑落，半透明的襯衫甚至能看到裡面的內衣。

「……幹嘛？」

我對著傻住的A子露出笑容。

「A子，是妳改變了——還是本性就是這樣的呢？」

她指著溼漉漉的自己，本來冷淡的表情難得浮現一絲困惑。

「雖然常常說妳像怪物，但為我擔憂、幫助我活下去的妳，不也就是個普通的女孩子嗎？」

死命去思考，答案也不會這樣出現。對於我妹的煩惱就先放到一旁，我想專注於此刻的小小幸福。

「只是為我的存活可能性去做通盤的考量。」A子試圖辯解。

「哈哈！但妳這樣真的很可愛呀！」

我故意伸手摸她的頭，果然像夢境那時一樣被抓住了手。

「我不是貓。」A子重複跟夢境中一模一樣的話。

「快變出貓耳呀？運動很厲害、看起來十項全能的Ａ子，變點魔術應該也沒問題吧？」

對於我嘗試露出的開心笑容，少女只是別開頭，轉身準備離開。

「你的行動——我常常『看不到』。如果，這能讓你開心點的話。」

海風不僅吹起少女的髮絲，還帶來對方冷淡卻帶著關心的話語。

我勾起嘴角，對她遠去的背影抬手敬禮。

「當然開心呀。」

——就算未來的抉擇將會無比痛苦，也請為了我做出決定。

這便是她不願說出口，卻想透露給我的訊息吧。

只是一如往常那樣，她還是不太擅長表達。即使是索求自身的利益，卻也帶著一點甜蜜。

我滿意地腦補著，卻見到Ａ子不知何時抓著一桶水走了回來。

雖然沒有實際去到墾丁，也沒有在現實見到單馬尾緊身泳裝Ａ子……

在映照著落日餘暉的傍晚，我們像無憂無慮的小孩子那樣痛快地打水仗。

在這承載著過往的祕密基地，試著把九月接到預言以來的煩悶一掃而空。

然而，事情果然沒這麼簡單。

送A子回家後，我回到自己的租屋處，再度翻出關於袁家的新聞。但就像先前那樣，沒找到什麼有用的資訊。

結合藍華在摩天輪上提供的線索，孤挺花與我妹渴望獲得愛有關，所以問題還是指向有什麼狀況扭曲了她的靈魂。

果然，結論只能導向藍華贈恨我這加害者的後代嗎？

但從先前的互動來看，藍華並沒有對我抱持著太多敵意，反而還有點依賴，也願意說很多話。

我關掉網站嘆口氣，這時螢幕中央卻冒出一顆腦袋——又是做鬼臉的可愛小I。

「這次可不可怕！」

「是是是～嚇到了。」

我隨便回應，雨衣少女哼了一聲。

「太敷衍了啦爹地。」

我沒有理她，靠著椅背向後仰，小I則坐到書桌邊緣鼓起雙頰氣噗噗。

照理來說，來自夢境的她應該沒有實體才對，但她還是前後搖動雙腳，看起來很開心的樣子。

話說回來，雖然小I應該是源自我夢境的怪物，但就連A子都說不清楚「怪物」究竟是什麼。

那「幽靈」又該怎麼解釋呢？

「我不懂啊，小藍華那不是陰陽眼？不然能看到過世的親人又是怎麼回事？」

關於小藍華的陰陽眼事蹟，我只聽過奶奶出現的那一次，之後小藍華就再也沒提過相關的事情。

小I眨了眨眼，以開心的表情指向自己。

「真的有幽靈的話，有像我這麼可愛嗎？」

「少自抬身價了——但果然妳也沒看過？什麼幽靈不幽靈的？」

小I搖了搖頭，然後露出神祕的笑容。

「就算有幽靈的話，那也是人變成的吧。」

是呀，幽靈也是人變成的。

我想起小藍華提到的，奶奶坐在搖椅上看著電視的畫面。她說那是沒看過的節目，應該是因為當時她只喜歡看卡通頻道，肯定對鄉土劇沒興——

咦？

某種可能性浮現在腦海，然後——是襲擊背脊的寒意。

「為什麼之前完全沒注意到……」

在那個當下，宜蘭老家的那臺電視明明是關著的。

那——**小藍華看到的是什麼？**

在小Ｉ的提示之下，某種過於可怕的可能性浮現，幾乎讓我坐不住。

原本想問個清楚，少女卻無聲無息地消失了，同時，手機傳來了震動聲。

我點開螢幕，通訊軟體上的訊息讓我更加不安了。

松霖哥，中秋連假最後再見個面吧，就在中秋節當天。

我已經決定了，有一些必須告訴你的事情。

第五章
月圓人團圓

Miss A Would Not Foretell
Her Own Death

A子不會預言自己死亡

初秋的天氣說不上平穩，有時候悶熱到只想穿一條四角褲，有時卻又冷得必須穿上外套，天空也因此陰晴不定。

幸好今年中秋節迎來了大晴天，雖然晚上賞月時我的心情應該晴朗不到哪裡去，特別是必須跟藍華一起度過。

在那天之後，藍華只傳來一則訊息，交代她安排的中秋節計畫，並沒有特別說是誰的願望——中午過後先去她家與母親見面，之後一起去宜蘭的袁家別墅烤肉賞月。

下午探訪母親前，我決定先到臺北的某個商圈買伴手禮，畢竟去別人家不帶點禮物可不行，還是要遵守一點禮數。

我沒問藍華去宜蘭烤完肉之後是不是就要回臺北，說到底，這只是一段普通的假日行程——如果不是剛跟藍華吵過架，再加上我已經隱約猜到了背後的真相的話。

有時候，確實不要知道動機比較好嗎？我不由得也感到懷疑。

「這樣好嗎？爹地。」

我很久沒來這裡買東西了，在小巷停好機車，才剛憑記憶剛找到那間店，身旁就傳來小I擔心的聲音。

無視飄在空中的怪物少女，我直接走進門跟店員說明想要什麼禮盒，只見親切又可愛的年輕女店員開始俐落地包裝。

在等待結帳的時候，被我無視的小I繼續碎碎念。

「我不是說去見奶奶這件事啦！爹地明明知道今天過去『會出事』——結果還是要去找你妹嗎？」

我可不想被店員當怪人，依舊當小I不存在。直到付好帳走出店面，我才看著精緻的包裝嘆口氣。

禮盒裡面是以前我媽很喜歡的花生牛軋糖，希望這點小禮物能讓她開心點。

「爹地不要一直無視我啦！」

雨衣少女飄到我面前用力揮動刺拳，當然只能穿透肉體，毫無攻擊力。

我只是無奈地聳聳肩。

「我必須親自去問清楚、得到真相。」我露出笑容，「如果我選擇逃避，藍華肯定會在慈善晚會上溺死自己的靈魂，我有這樣的預感。」

即使真相最後真的像我猜的那樣悲傷，我也必須陪伴在藍華身邊。那也是我唯一能做到的贖罪了。

A子不會預言自己死亡

「爹地就是那麼頑固，兄妹倆都一樣！」

我的怪物似乎也放棄了，大喊一聲後鼓起臉頰別開頭。

「我明白就算我再怎麼勸告，你今天去找藍華的機率還是百分之百，完全不會猶豫吧。」

為了安撫她，我試著拍拍小I的頭，然後指向附近的剉冰店。

「騎車去她家前，我們先吃個冰吧。」

「爹地又在惹我生氣！你也知道我不可能吃現實世界的冰呀。」

儘管外觀年齡跟A子相似，小I卻常常像個小孩子般鬧脾氣。不過，雖然如此抗議著，她還是乖乖跟著我飄進冰店。

店內的人可不少，好不容易才找到一張空桌擠在一起——雖然幽靈應該不占空間。

我點了一盤紅豆牛奶冰，享用甜點的時候，看到小I只能流口水直直盯著我，莫名開始有了愧疚感。

「雖然妳上次批評是空虛的味道，不過如果想試試的話，我還是能在夢中做雪花冰喔，這次保證百分百重現。」

「哼，不用了。」

小Ｉ看似在發脾氣，但她大概是那種大而化之的類型，很快就回復原本活潑開朗的樣子，我就喜歡她這點。

她故意穿過店內擁擠的客人，還對那些路人扮鬼臉，不過依舊沒有人理會她。最後小Ｉ默默回到我身邊，趴在旁邊觀察我吃冰。

「爹地——臺北真的有好多人耶，上次在觀景臺上看就很有感覺了。」

「當然啊？不管怎說雙北都是全臺人口密度最高的地方，怎麼會問這種問題？」我小聲說道。

小Ｉ搖了搖頭，露出看起來相當寂寞的神色。

「我所知道的臺北市，是一座很安靜的城市。在那沒有過去與未來的縫隙當中，一切早已結束。」

很想問清楚小Ｉ的意思，少女卻逕自飄到街道邊抬起頭，單手撐在額前，看似在遮擋酷熱的陽光。

在大晴天穿著紅色雨衣，實在是相當矛盾的景色，果然是怪物……但小Ｉ真的是我的怪物嗎？

出現在夢中沙漠的二重身，究竟在期望著什麼呢？

無論如何，小Ｉ注視著午後的陽光，並以幸福的笑容張開雙臂轉圈。

在繁榮的臺北街道中逕自舞動的半透明雨衣少女，真是不可思議卻又美好的景色。

「雖然我感受不到，今天的陽光應該很溫暖。雖然期待著用不到這件雨衣的那一天，或許終究不可避免……」

自言自語般的小I轉過身，面對著我這邊微微傾身，笑著撥了撥頭髮。

「如果下雨的話，我會為爹地撐起傘，這就是我的任務。而且中秋節能陪伴在家人身邊——已經很滿足了。」

我點點頭，接受了小I透過話語傳來的暖意。

但這個世界上，多的是無法在佳節團圓的人。

騎著機車穿梭在臺北市的街道時，我不由得意識到這個事實。

不只是袁家，我也沒有在連假時撥出時間回去現在的姑姑家。

就算劉松霖的姑姑一家對我總有些疙瘩，他們或許也期望在這種團員時刻，大家還是能放下芥蒂好好聚在一起。

孤寂感莫名充斥內心，我對那家子默默道歉後，終究還是得面對現在的袁家。

我在附近找到空位停好機車，深吸一口氣，接著走向目的地。

我出生長大的家就位在臺北一處老舊住宅區裡，灰色外牆與鐵門似乎變得更加斑駁，這棟四層樓的住宅過了如此多年也沒有重建。

約定的時間是四點，我提早到了，但披著薄外套的公主頭少女似乎已經靠在鐵門前等候多時。

「我以為松霖哥不會來呢。」

我壓下內心想直接問出口的衝動，只是笑著問：「幹嘛逃避？我還帶了伴手禮喔。」

「牛軋糖……你真懂我媽喜歡的甜點呢。」

藍華只是對我冷諷了一下，不等我回答就推開了鐵門。

一踏進門，面前那熟悉的庭院讓我突然很想哭，不過還是用意志強壓下來。

畢竟，一切都悄悄變了。

漫長的時間侵蝕這棟房子與周遭的景色，曾經樹大葉茂的桂花樹不知何時已經砍掉，只留下半截樹樁追憶，其他盆栽花圃也是稀稀落落，甚至長起了雜草。

「父親在我哥走後就無心玩園藝了，找一天我會把這些植物全扔掉吧。」

正要推開屋門的藍華背對著我這麼說，我卻有些欲言又止。

就算老爸不想管了，但老媽多多少少應該——

「我知道你想問什麼，可如果你看到我母親——就不會有這個疑問了。」

藍華以冷漠的語氣這麼說，我只能跟在她後面脫下鞋子踏入玄關。

玄關後的客廳，也都是懷念的裝潢。

不管是那臺大電視或皮沙發組，還是玻璃櫃內的古董與牆上的山水水墨畫，相較於外面似乎沒有多大的變化。

但有一點我還是注意到了。

本來在櫃上的某些紀念品，特別是袁少華小時候參加鋼琴比賽得到的獎盃之類的，全都不見了。

藍華靜靜看著我，今天從見面開始，她就不再是之前溫柔有禮的態度，渾身透著冰冷的尖刺。

明明是熟悉的家，臉色緊繃的她卻一副完全不能放鬆的樣子。

「松霖哥，你想跟我去看母親嗎？」

「伴手禮都拿在手上了，就順便交給她吧。」忍受她尖銳的視線，我試著以輕鬆的態度回應。

其實我也注意到了，就算我是劉明輝的兒子，張嘉嘉應該也不至於不出現在我面前。袁長慶今天似乎不在家裡，身為女主人的母親卻避不見面——果然很不正常。

藍華似乎緊咬住牙根，忍住要說出什麼的衝動。

「……好吧。」

未開燈的室內相當昏暗，我跟在藍華後頭來到三樓，那是琴房所在的樓層。

果然，藍華在琴房的木門前停下腳步，並輕輕敲了敲門。

「媽——我進來了喔。」

裡頭沒有回應，在我正要開始擔心前——

「是藍華嗎？妳翹課去哪了？」

房間內傳來母親還算有生氣的聲音，似乎沒有哪邊特別奇怪。

「是，對不起。」但藍華只是以麻木的表情回應。

「快進來吧，**妳哥也在等妳。**」房間再次傳來母親的聲音。

……什麼？

A子不會預言自己死亡

我的老媽，她剛剛說了什麼？

藍華瞪了我一眼，表情壓抑著悲傷，逕自打開琴房的門。

琴房的窗簾全都拉上了，昏暗的室內帶著一點霉味。

透過細細滲入的陽光，我看到了多年不見的母親。

中年婦女身穿純白的連身睡衣，過長的頭髮夾雜著銀絲，似乎沒有好好梳理，曾經保養得宜的皮膚如今也布滿皺紋。

淚水，幾乎要不可抑制地流下來。

我緊握雙拳，忍住撕裂內心的痛苦。這麼做，不只是為了守住劉松霖的身分，還有另一個原因——面前的景色實在太過異常。

母親就坐在琴椅上，琴蓋掀起，以無比慈愛的表情注視著某個方向。

但並非對著我和藍華，她看著的是身旁的一隻陳舊的獅子布偶。

那是母親在我小時候親手織給我的生日禮物。或許也是延續著這個傳統，我才想在藍華生日時送她泰迪熊。

「藍華，妳哥這段《夢幻曲》已經練得差不多了，換妳彈一次。」

黑白琴鍵上懸浮著打轉的微塵，根本沒有人在彈奏鋼琴。

以嚴厲的語氣叮嚀藍華後，雙眼無神的母親繼續對著小小的獅子布偶說話。

某個可怕的答案，讓突感暈眩的我幾乎快要站不住。

「媽媽——哥哥已經……」藍華瞥了我一眼，但在想說些什麼前深呼吸了一口氣。「……我知道了。」

順應著母親的指示，藍華本來準備過去彈琴，我卻忍受不住伸手拉住她，代替傷心的她走到張嘉嘉面前。

「你是誰？」

面對母親的質問，我露出溫柔的笑容，搖了搖手上的提袋。

「我是令千金的男朋友，特地在中秋節來拜訪岳母，還準備了您最愛的牛軋糖。」

我母親卻露出不可置信的表情，指著我吼道：「藍華還是小學生呀！你是哪裡來誘拐我女兒的變態！」

……原來如此。

對母親來說，時間——永遠停駐在過去了嗎？

我趕快壓住可能準備打電話報警的母親，但她歇斯底里地吼叫著，完全沒辦法溝通。

「請原諒我稍微動粗一下。」

我使力把母親壓制在地，藍華衝過來拉住我，可惜嬌小的她力氣不夠。

「這樣做你就開心了嗎？你到底在搞什麼！這就是劉松霖想做的事情嗎？我真的搞不懂你啊！」

少女氣憤的呼喊直接被我無視。畢竟力氣比不過成年男子，母親最終只能流著淚哭喊。

「藍華、少華，快跑！我家的錢都給你……求你放過我的孩子……」

就算妳的世界只剩下那隻破布偶，妳還是會保護家人嗎？

我忍住把破爛的獅子布偶掃到地上的衝動，放開母親後一屁股坐到琴椅上。

母親本來又想衝上來，但這次反被難過的藍華攔住了。

「媽媽，冷靜一下……」

我對她投以感激的眼神，轉身把雙手放上琴鍵。

母親要藍華練習的曲目，是舒曼的《夢幻曲》。

收錄在《兒時情景》中的第七首，是獻給孩子的鋼琴曲。這確實是一首和緩又溫柔的，適合在午後時光彈奏的作品。

據稱這是舒曼嘗試藉由音樂的形式，描繪出從兒童眼中看到的純真，以及那過於理想的世界。

不過在某種程度上——這也是大人透過鋼琴曲回憶童年，那些珍藏在腦海深處的美好時光。

也是我回不去的時光。那些陪伴著小藍華、一家人雖然有些衝突卻也幸福美滿的過往。

仇恨與贖罪交織成螺旋，永無止境地旋轉著。

為什麼命運如此殘酷？

或許是我罪有應得，但為什麼、為什麼這種詛咒般的惡夢要降臨在母親和藍華身上？

明明，誰都沒有錯。為什麼殘存下來的我們，卻過得比已逝之人痛苦？

我將內心澎湃的情感全部宣洩，當這一曲終於演奏完畢時——

「……少華？」呆坐在地上的母親發出了短短的疑問，彷彿剛從無盡的惡夢中甦醒。

一旁的藍華以不可思議的表情看著母親，淚水從臉頰滑落。

音樂，真的能傳達情感或記憶嗎？

對於一生都倘佯在音樂中的母親來說，那或許不是什麼難事。

「我是劉松霖。」我只是笑著提醒母親。

雙手微微顫抖，我扶著琴身站起，頭也不回地衝了出去。如果繼續在那間琴房待下去，或許就要換我發瘋了。

……藍華卻獨自承擔這些痛苦這麼多年。

衝出袁家老宅後，我靠在大門旁靜靜等候。

我沒有直接離開，因為事到如今，我怎麼可能再打破和藍華的約定。

沒過多久，背著長筒包的公主頭少女也走出家門，轉頭將大門好好鎖上。

「我打電話請幫傭過來，她會幫我照看一下媽媽。」

「只為了跟我去宜蘭烤肉？」

我故意刺激對方，果然迎來藍華冰冷的回應。

「你最沒資格說這句話。」

「哈。」

我乾笑了一聲，藍華只是默默地瞪著我。

「走吧松霖哥，陪我去宜蘭的別墅。」少女冷淡地開口，「實現我的最後一個願望吧。」

就算沒有A子的預言，我也能確信這次前往宜蘭不會有好事發生。宛如撲火的蛾，我仍舊自投羅網墜入火中。

是要懲罰自己嗎？我也搞不懂了。我不是想放棄，但在可能猜到真相的狀況下——

我已經知道，不管我做什麼都沒用了。

坐在往宜蘭的自強號上，我發現靠窗座位上的藍華靜靜地睡著了。上火車後，我們沒再多談一句話。

或許是做最後的掙扎吧，我將宜蘭別墅的地址傳給A子，卻又在訊息最後不要命地說謊。

一切平安，連假後咖啡店再見吧——她會相信嗎？

我聳了聳肩，注視著安詳熟睡的少女側臉。如果跟著睡著，這次或許能進入我妹的夢境中。

但我終究沒有這麼做。

我不知道該怎麼面對藍華夢境中的怪物，因為她的心傷毫無疑問就出自我本身。

「……哥哥。」

特別是聽到了妹妹寂寞的咕噥囈語，我更加無法入睡了。

一小時以上的車程後，火車抵達了宜蘭站，我們搭上車站出口的計程車，直接前往目的地。

旅途中我們始終沒有交談半句，只是靜靜看著窗外景色逐漸從市區街景轉變成綠油油的蘭陽平原。

從袁家古厝改建成的別墅，就坐落於棋盤狀的田園之間。

在農地中十分顯眼的兩層樓別墅占地不算太小，以前有空閒時，我們家喜歡到這裡度假，遠離繁忙的大臺北喘口氣。

與臺北的袁家大宅不同，別墅經過改建，入口的鐵捲門是比較現代的款式，可以用藍華手上的磁卡打開。

庭院也意外地比大宅乾淨整潔，更廣大的占地中並沒有種植什麼植物，但人工草皮卻還有在持續整理。

這棟別墅的外型就像落在田園中的幾顆方糖，近看還是挺懷念的。

「爸爸他——比起回到臺北的家，或許更喜歡來這裡逃避現實。」藍華在進門後突然開口，「爸爸逃了，媽媽瘋了。還有……哥哥也死了。」

從離開臺北時就一直抑制著的憤怒，在我們真正能獨處時便一口氣爆發。連帶著從夢境洩漏出的孤挺花海，那撲鼻的濃烈氣息瞬間襲來。

對著站不穩的我，藍華卻一鼓作氣撲上來，用自身的重量將我壓倒在地。跨坐在我身上的她力量不強，我卻沒辦法推開。

因為兩行淚水正從藍華臉頰上滑落，少女傾訴著這些年來的寂寞。

「你知道嗎？我不是陰陽眼。我小時候常常做夢──夢中有著無止境的花海，在哥哥死後，那些花全都變成了渴望得到愛的孤挺花。」

在被孤挺花暴力侵占的客廳中，那些恣意晃動的花瓣猶如在訕笑著我。

「那些孤挺花──全都是片段的記憶和情緒。」少女以痛苦的神色說道。「奶奶的、媽媽的，甚至是我不認識的路人，我能感受到其他人的記憶和其中的情感，它們都成為了我的一部分……」

反應著藍華的憤怒，那雙掐住我脖子的手加大了力量。「這就是我的感受力比普通人要強的原因，但我一點都不想要！」

直到呼吸困難的我發出咳嗽聲，她才驚覺不對而抽手，臉上寫滿了後悔。

「哥哥……對不起。」

袁藍華的能力或許就是讀取記憶，跟A子雷同卻有著微妙的差異。更加具體來說，是能夠深陷在記憶之中。

在小I提示後，我才抓住了這個真相。當年小藍華看到的不只奶奶，還包括不存在的電視畫面。這代表她看到的並不是所謂的幽靈，而是片段的回憶畫面。

有了A子的前例，我很快就意識到兩者的差異，但如果這個猜測是真的──就代表背後隱藏著更殘酷的事實。

因為傷害到我而掩面啜泣的藍華，沒多久又停止了哭聲。

「但你知道嗎──哥哥。」

壓抑了這麼久，藍華不再掩飾對我的稱呼，不需要再用「松霖哥」來掩飾。

「我在頭七的那天就看到了，你笑了的時候，身上浮現了我哥的記憶。這世界何其荒謬對吧？我沒有完全看到始末，我不知道劉松霖跟我哥發生過什麼事，但我開始相信──袁少華真的活下來了。」

喜悅的神色一閃而過，她露出悲傷的笑容。

「然而，哥哥並沒有回到我身邊。如果你是我的哥哥，又怎麼可能會丟下我。」最後一顆淚珠滾下少女的臉頰，摔碎在我的胸口。「但你──還是這麼做了。」

表情逐漸瘋狂的藍華伸出雙手，再次掐住我的脖子。

「你丟下逃避的爸爸與發瘋的媽媽，還有孤獨活下去的藍華。忍受多年後，我好不容易才能以慈善晚會的名義再次接觸哥哥。

「我曾經也懷疑過，在頭七上看到的片段回憶是不是真的？我是不是被自己的妄想折磨了很多年？

「可是當哥哥你彈奏《月光》時，卻和以前彈奏鋼琴時的回憶完全重疊了……是哥哥還沒放棄鋼琴時，還很稚嫩的身影。」

難怪在那時，藍華會痛哭成那個樣子……

我抬起手想撫摸藍華的臉頰，卻被她另一手用力甩開。

「哥哥，你知道我有多寂寞嗎？

「媽媽變成那樣還要應付她！爸爸也不想面對家裡的問題！你知不知道我有多累！

「甚至連音樂老師都說哥哥就是生活太放蕩才遭天譴！同學也用異樣的眼光審查我！那些痛苦你知道嗎？你不可能知道的吧！

「好多好多人的記憶——都在批評哥哥呀！明明哥哥就沒有做錯什麼事情！」

在彷彿要將五臟六腑都拋出的怒吼後，少女無力地顫抖。

「為什麼你不回來呢？為什麼你不願意承擔呢……劉松霖的『身分』，真的有這麼重要嗎……」

在無語的我面前，藍華發出了最後通牒。

「我再問哥哥一次，」哭腫了雙眼，她的聲音也哽咽破碎。「你願意回到我身邊嗎？」

像是吞下了熱炭，我的喉嚨又腫又痛，就算張嘴，似乎也發不出任何聲音。

「就算這個世界不會接受我們的關係，還是能找到方法繼續活下去吧？」

少女懇求地望著我，雙手緊握成拳。

「我不想要你用劉松霖的身分安慰我，我只想要你承認自己是袁少華。我們可以在中秋節烤肉賞月，以後還有更多更多的時間，去彌補失去的那些年。」

與其在無情的現實中苟延殘喘，或許還不如沉入夢境深處。

我們兄妹是如此相似，到頭來都面對著無法說服自己的內心矛盾，如果能放下的話就罷了，偏偏只能糾纏其中。

今晚的月色確實很圓很美好，但我終究只能露出一抹苦笑。

「那樣，劉松霖太可憐了啊。」我啞著聲音開口。

藍華身體一震，不可置信地注視著我。

「藍華妳知道嗎？人格確實是記憶組成的，我們藉由記憶知道自己是什麼人，以此去理解這個世界與自身的連結——」

就算很殘酷，我還是得說出口。

「但擁有袁少華記憶的我，就眞的是袁少華嗎？」

我閉上眼，無奈地勾起嘴角。

「我啊，只是苟延殘喘下去的另一位『陌生人』。我還是可以陪在妳身邊，以無限接近於袁少華的方式照顧妳。但無論如何，我都不可能真正回到妳身邊。」

我咬牙說出事實：「袁少華『已經被這個社會殺死』了，無論妳再怎麼渴望，妳所認知的『哥哥』都不會回來了。」

或許我只要在這邊說謊安撫藍華，事情就能順利落幕。但是這不可能，我不會為了否定他人的價值而說謊。

因為那種行為本身也是在奪取別人的存在，這與我嚮往過的人生道路截然不同。

原以為藍華會傷心地再次哭泣，耳邊卻傳來她異常冰冷的聲音。

「我早就知道了。果然，無法說服哥哥呢。」

A子不會預言自己死亡

我猛然睜眼，看著嘴角微微勾起的藍華撐起身體，從口袋拿出某樣物品——

突然其來的一陣痛感讓我連反應都來不及，意識便逐漸遠去。

最後的畫面，是藍華手上緊握的電擊棒，以及她胸前的玻璃珠項鍊裡，那旋轉著的巨大水流。

「哥哥，晚安。讓我們在夢中永遠幸福快樂吧。」

彷彿感覺到妹妹撫摸著我的臉頰，並在上頭輕輕落下一吻。

第六章
裸體歌舞

Miss A Would Not Foretell
Her Own Death

A子不會預言自己死亡

在眼睛尚未睜開前，耳邊已迴盪著熟悉的鋼琴旋律。琴聲似乎將午後陽光化為音律，輕柔地觸碰著身體的每一處，彷彿慵懶地浸泡在暖和的海水中。

透過模糊的視線，我看見坐在床邊的公主頭少女，身穿淡紅睡衣的她伸出手，摸了摸我的頭。

「睡吧，睡吧……哥哥。」

無法違抗她那如歌般的聲音，我再次緩緩閉上眼睛。

對了，鋼琴曲的名字叫什麼呢？

那讓人猶如重新置身於子宮羊水裡的、幾乎想要放下一切苦惱的音樂。

似乎是薩蒂的《裸體歌舞》第一號……

「算了，這一點也不重要。」

對，一點都不重要。

眼角瞥見家人的笑容，以及窗外那朦朧扭曲的孤挺花海。

火紅的孤挺花，花語叫做……

唉，記不起來。

反正只要她快快樂樂的，那所有的煩惱——我都能順利放下了吧。

於是，我任由意識再度融入《裸體歌舞》周而復始的旋律中。

猶如在祭典中的舞者，緩緩地旋轉著，旋轉著……

再次睜眼時，面前是敞開的捷運車門。

警告捷運門將關上的聲音不停重複，我卻只覺得煩人。

一瞬間，我不得不思考自己為何站在此處。人總是這樣，置身在龐大的都市叢林之下，有時會失去方向。

我的名字叫袁少華。

是那位人人都叫得出名字的富豪——袁長慶的長子，在隨便一所大學混畢業後，目前年齡直奔三十，可以算是大叔了。

我的名聲之壞，已經是路邊閒雜人等聽到都會避開的地步。有次明明沒喝酒被超速的機車撞上，結果居然被警察嚴厲關切外加開單，隔天整個事故甚至占據了新聞媒體一角，坦白說是有點困擾啦？

雖然老爸因為我過度放縱曾經想要和我斷絕關係，但我還是甩都不甩他。

老媽則是對我的態度很微妙，一方面想阻止我不要帶壞妹妹，另一方面卻又希望我能夠在音樂相關的教育工作上多用點心。

A子不會預言自己死亡

那些工作機會是她幫我爭取的，但我超討厭那些固定死版的教學形式。

我也對偶爾會在網路上看到的批評嗤之以鼻。反正我的人生就想過得自由，不用工作就比你們這些受薪階層高等了喔？有揮霍不完的家產又無後顧之憂，我只要盡情玩樂並享受音樂就夠啦。

既然沒被上天處罰的話，我幹嘛要為自己的一舉一動後悔呢？

就像現在，迴盪在耳邊的《裸體歌舞》讓我聽得入迷，是捷運在播音樂嗎？分不太清楚。

「哥，快一點啦。」

雖然我這人狂妄至極又極端自我，背後卻被人用力推一把，踉蹌地踏進捷運車廂。

我朝向聲音來源看去，那個綁著公主頭的少女，是比我晚生很多年的妹妹——袁藍華。

套著白色薄外套與淡藍洋裝的袁藍華跟我不同，是一位內向乖巧的女孩子，她的美貌與氣質都是遺傳自我的母親。

但跟我最大的差異，就是她的鋼琴天分是真材實料。

藍華在比我早的年齡便拿到了大大小小的音樂比賽獎項，出色的表現讓她成為媒體寵兒，跟我這過街老鼠完全不同。

不過外界恐怕完全無法想像——猶如反叛角色的哥哥與天使般的妹妹，兩人的關係其實非常好。

有可能是過大的年齡差造成了這種現象，我們幾乎完全錯開了各自的青春時光，所以沒有互相競爭排擠的問題。對於妹妹那過於閃耀的才華，我反而十分慶幸總算有人能分走父母的注意力。

話雖這麼說，從藍華小時候，我就常站出來幫她跟父親和母親吵架，或者帶著她到處摸魚，所以她特別粘我。

即便她現在已經讀高中了，我們還是常常找時間一起出遊，反正我也無所事事。

有時只是隨便去哪裡逛逛，像現在，我們的目的地就是某條捷運線的最後一站，一個說遠不遠、但平常根本也不會特別去的地方。

捷運開始離站，駛向那彷彿無限延伸的紅線終點。

「想要的話，我明明可以開車帶妳去的啊。」

藍華坐到我旁邊時，我一邊說、一邊環顧莫名舒適的捷運車廂——沒有人呀？明明今天是週末呢。

「上國中之後就很少跟哥哥出門玩了嘛，難得的機會，就搭捷運吧？」

畢竟藍華也有自己的圈子，我倒是希望她早點交個男朋友好擺脫她。

我忍不住笑出來。「雖然住在臺北，但我們根本沒去過淡水幾次嘛。最近一次好像還是妳五歲的時候？」

袁藍華微微一愣，似乎沒想到我會問這個問題，仔細思考片刻後才回答。

「有這麼久嗎？我只是有點懷念才想去逛一下。」

「想去就去吧，雖然妳得翹掉母老虎安排的音樂會囉。」

今天藍華好像要跟國外知名的管弦樂團一起表演，由我們老媽一手促成——這聽起來就非常不得了呢。

但實際處於這種大事核心的妹妹只是歪了歪頭，顯露出有點嫵媚的笑容。不是可愛，而是帶著一點女人味的微笑。我妹果然長大了呀。

「我一點都不在意！一點都不想再賠笑了！」

捷運在過了民權西路站後離開了黑暗的地底，迎面而來的橘紅晚霞灑進車廂。藍華拿出包包裡滿滿的樂譜，在呼呼的風響下、朝不知為何打開的車窗用力撒出去。

那些曾經擁有的，無聊繁雜的世界都被她徹底丟棄了。

她往車窗外大吼：「誰管你們呀！有誰在意我嗎——通通去死啦！」

妹妹那爽朗的舉動讓我大笑出聲。果然是不小心帶壞了她呀⋯⋯

車廂內開滿的高傲孤挺花，芬芳撲鼻。

不只是捷運，直到踏出淡水站，人潮也是稀稀疏疏。

以週六的新北來說真是有點不可思議。儘管我有些困惑，迎面而來的暖風還是將多餘的心思帶走。

由於夕陽西斜，遠處的海面泛著金黃色的波光。

「我們沿著海岸邊的商店走一圈吧。」

「好啊。」

藍華主動拉著我的手往前走去，我則勾起嘴角苦笑。

雖然從小就住在臺北，我卻很討厭繁雜吵鬧的大都市，一直想找個機會離開。

不過今天的淡水老街因為人很少，實際逛起來倒是意外舒適。而且看著藍華開心的笑容，也覺得這個選擇真是做對了。

「哥，烤魷魚給你一串。」

一下子，她就買了兩串烤魷魚。實際上是拋出我錢包買的，工作一段時間的我也不好意思讓妹妹出錢。

不過，這魷魚看起來很好吃，嚼起來卻沒什麼味道，是烤肉醬沒有刷入味嗎？

不算好吃但我還是全部吞下去，畢竟是妹妹買來的呀……

「來跟哥哥比撈金魚吧。」

我在攤位前蹲下，興奮地邀藍華比一場。

記得小時候也帶小藍華去夜市玩過，那時候她的紙網總是一撈就破，還哇哇大哭到老闆都不好意思了。

「哼哼，我可今非昔比喔！」似乎猜到我在想啥，如今已經長大的藍華露出挑釁的笑容。

「那就來試試看妳成長了多少囉？」

結果我的紙網一直破，倒是藍華一次又一次撈起小魚，很快臉盆內已經裝滿了游動的魚兒。

真奇怪呀，難道是老闆作弊，故意給藍華不同材質的紙網，不然怎麼我的一碰就破，她的卻這麼耐操？

慘敗之後，我們沒有包走金魚，而是請老闆倒回池子裡，拍拍手繼續前進。

之後也玩了彈珠臺或空氣槍之類的夜市小遊戲——結果全部都輸給了藍華，實在有些丟臉呀。

「嘻嘻，哥好弱耶！」

丟臉歸丟臉，但看到內向妹妹露出的笑容，倒是也不必計較太多。

我繼續任由藍華領頭亂逛，視線不經意地瞥向海岸邊的護欄——突然停在一位奇妙的女孩子身上。

明明是大晴天，她卻穿著紅色雨衣，撐著一把透明雨傘。留著一頭美麗黑長髮的女孩，看上去年紀跟藍華沒有差多少。

明明是陌生人，但少女散發出的某種奇妙氛圍卻讓人很想一探究竟。

「爹地，妳還記得我嗎？」迎上我的視線，少女突然開了口。

對於露出難受笑容的少女，儘管我發自內心地想安慰，卻只能尷尬地回應。

「我認識妳……嗎？」但我確實感到胸口很悶，身體彷彿在告訴自己，遺忘掉眼前的少女是難以被原諒的罪惡。

她搖了搖頭。

「果然我是不行的呀。因為我跟爹地的妹妹一樣，做了不該被原諒的事情。」少女的視線黯然，看上去更難過了。「這件事——還是得交給她才行。」

她？誰？究竟是什麼跟什麼啊？我還想追問，卻嗅到了一股花香。

有人從背後拉住我，猛一回頭，果然是藍華。她從我身後探出一顆頭，以莫名警戒的眼神看著雨衣少女。

不知不覺間，整條海岸步道已經布滿鮮紅的孤挺花。

「妳是誰？」

面對藍華冰冷的疑問，雨衣少女只是露出寂寞的笑容。

「我很想說我是路人……」茂盛的孤挺花海無法觸及少女本身，彷彿避開了雨傘遮蔭的圓形範圍。「只是，這樣囚禁爹地的靈魂沒有任何意義，我很明白這點。」

雨衣少女對上藍華的視線。

「爹地的妹妹——那就是姑姑了呢，妳應該知道這個道理的喔？」

「什！」

藍華似乎非常介意姑姑這個稱呼，但雨衣少女只是勾起調皮的微笑，默默撐著雨傘掉頭離去。

從頭到尾，盛開的孤挺花海都沒有碰觸到她。

「哼，說什麼姑姑——難道哥哥在外偷生女兒了喔？」

鼓起臉頰的藍華想要拉著我繼續前進，我本來想開個玩笑安撫她……

「女兒？」

但這個詞對於只想玩女人的我，卻有著莫名的真實感。我一手捂住頭，腦袋突然一陣一陣發疼。

腦海裡閃過的，是相當寂寞的景色。下著雨的都市廢墟，以及身處於街道中啜泣的——

穿著白洋裝的短髮女童？樣貌竟然跟剛剛那位少女有些相像。

為什麼，我「又」丟下了她？

內心突然充斥著莫名高漲的情緒，讓我想不顧一切地衝回雨衣少女身邊。

如果這時候抓不住她的話，以後會不會再也抓不住了？

迴盪在腦海的疑問讓身體顫抖不已，這份痛苦到像要扯裂內臟的情緒——是濃濃的懊悔，想花費更多時間留在少女身邊的懊悔。

「……哥？」

明明是陌生人啊？鼻頭湧現的酸澀卻讓我想哭。

這時，我感受到藍華拍了拍我的背。不行，現在我必須專注在陪伴妹妹這件事情上才對。我搖了搖頭，將那些莫名其妙的畫面拋在腦後。

等我那莫名的情緒穩定下來後，我們才繼續行動。

淡水老街有不少古早味雜貨店，她牽著我進入其中一間，睜著發亮的雙眼掃視架上的零嘴。

「哥！這些都買回去吃好不好？」隨手抓了一大包零嘴的藍華燦笑著對我說。

就算都是零食，花下去可是不少錢呀。我搔了搔頭，還是只能對今天貪玩又貪吃的妹妹露出苦笑。

真奇妙，平常的藍華明明內向無比、做事也比較拘謹，今天卻有種大解放的感覺。

簡直就像——失去了平常的拘束。

這樣思考的我注意到角落的冰箱，裡面放著一瓶瓶熟悉卻不算常見的飲料。

「真懷念呀，是彈珠汽水。」

聽到我的聲音，已經拆了一包紅片塞進嘴裡的藍華看向我。喂喂，還沒付錢，老闆會生氣啦！

我無奈地嘆口氣，原本想去跟老闆賠罪，但還是想起以前帶小藍華來淡水老街的回憶。

很久以前也跟她來過一次這裡，當時我為了鼓勵小藍華，等她彈珠汽水喝完後，找了個地方把汽水瓶敲破，接著把沉在裡面的藍色玻璃珠，交到小藍華的手上。

「藍華，這顆彈珠是『人魚的眼淚』喔。」

身穿白洋裝的女童懵懂地看著我，呆呆地反問。

「人魚的眼淚？」

「嗯，人魚偶然遇見了岸邊的人類王子，對她一見鍾情。為了到陸地上和王子相戀，人魚用自己的聲音跟魔女交換雙腿。」我戲劇化地頓了頓，「但等到她真正踏進人類的王國——卻發現王子早已移情別戀。她為愛人留下的淚水化成水晶，那就是人魚的眼淚。」

小藍華聽著我唬爛的童話，淚水已經在眼眶裡打轉。

「好難過的故事……」

我蹲下來拍了拍小藍華的頭，擦去她眼角的淚水。

「所以——我希望這顆玻璃珠是妳流過的淚水。」

「流過的？」

我點了點頭。

「只要妳看到玻璃珠就會想起來，為了改變自己必須忍受多麼大的痛苦。即便等待自己的未來並不這麼快樂，也請別忘了曾接納妳的海洋，那裡還有人等待著妳回家，不需要落下淚水。」

我只是單純希望，內向的小藍華可以少哭一點，能找到能讓內心堅強起來的方式。

小藍華其實聽不太懂，於是以自己的方式去理解。

「那我——只要看到這顆玻璃珠，就可以當成是哥哥在保護我嗎？」

我想了想，笑著說：「可以呀。」

直到現在，只要想起這段甜蜜的回憶，我的心頭都還在為此發暖。

即使漸漸長大，藍華還是很珍惜那顆玻璃珠，甚至做成了項鍊。明明是沒有什麼價值的物品，還被我加油添醋亂講一通，對於藍華來說卻是截然不同意義的紀念品。

對了。

「藍華？」

「嗯？」

我注視著她的胸口，最後搖了搖頭。

「沒事。」

雖然這樣說，我還是指著她喊道：「別再偷吸乳酸棒了啦！等一下妳就留下來幫老闆打工喔。」

「對不起～」

聽著妹妹沒什麼歉意的道歉，我也只能苦笑，胸口卻莫名有些空虛。

為什麼沒有戴呢——那承載著回憶的玻璃珠項鍊，明明是舊地重遊的回憶之旅，她卻沒有戴。

不管如何，要不要戴項鍊也是藍華的個人自由，我也不好意思多說什麼。

雜貨店逛完後，我們又逛了幾個地方，甚至在渡船頭搭乘遊艇到了漁人碼頭那端。

小旅行的最後一站，我們來到著名的情人橋。

情人橋是一座白色風帆外型的吊橋，今天傍晚不只是捷運那裡人煙稀少，就連橋上也幾乎沒有人。

從藍華能夠張開雙臂前進，就能看出人實在不多。我們一前一後緩步走到橋中央的高點，藍華停下腳步趴在欄杆上。

迎著強烈的海風，我們眺望收納著幾艘小船的沿岸波提，以及更加遙遠的、隱約露出一角的廣闊海面。

此刻，眼前的景色全籠罩在夕陽的金黃暖光裡，在白日即將結束的這一刻，散發出最後的餘暉。

普通的夕陽景色我也不會特別感動，但身旁的藍華似乎就不太一樣了。

「感覺獲得很多的啟發呢。」

「只是看個夕陽會有什麼啟發？不過這也是妳鋼琴如此厲害的原因吧。」

我在旁邊出聲調侃，藍華先是對我鼓起臉頰，最後卻莫名露出寂寞的笑容。

「哥——你希望『這一刻永遠持續下去』嗎？」

面對藍華奇怪的問題，我只是舉起手刀輕輕敲了敲她的頭。

「一天就要結束啦，還說什麼永遠持續下去。」

她吐了吐舌頭，跟著說道：「也是呢。」

藍華轉頭重新凝視落日，嘴邊喃喃自語。

「我們會一直一直在一起。在這沒有起點，同樣沒有終點的世界……」

明明覺得藍華有些古怪，腦袋一片空白的我卻沒辦法具體指出問題在哪裡，最後也只能跟著她一起看夕陽。

沿著堤岸盛開的孤挺花映入眼簾，是莫名魔幻、卻非常唯美的景色。

我的心情相當平靜，或許也跟一直在耳邊持續彈奏的、薩蒂的《裸體歌舞第一號有關。

之後我們在老街隨便吃阿給與一些小吃當作晚餐，然後便搭乘捷運回到臺北的住處。

老媽自然對藍華翹掉演出非常生氣，藍華卻裝出楚楚可憐的模樣，還打算把責任推給我……！

因為不算公開表演似乎也不太嚴重，漸漸的老媽氣就消了，只叮嚀幾句下次要多注意，當然被藍華隨意答應唬弄過去。

結束了一整天悠閒的行程，在十一點左右我關掉了房間的燈。

我躺到厚厚的彈簧床墊上，倦意卻沒有想像中強烈。也不是心事重重，但內心總有股說不去的違和感。

「那位穿雨衣的女孩子——我到底在哪裡見過？」

然而，我卻沒辦法將那過於寂寞的笑容和誰做出聯想。

我試著努力回憶，大少爺的人生雖然過得放蕩，如果有哪位交往過的女性是長成那個樣子，倒也不至於想不起來。更別說就算是偷生也不會長這麼大。

因為工作而指導過的學生中是有不少氣質可愛的女孩子，不過也沒有人長得跟她相似。

指導「學生」這件事……

「不說她了——現在的我，是過著自己想要的生活嗎？」

除去與老媽的約定，我過得還是很自由自在。生在有錢人家，也沒有經濟上的壓力。藍華如今也成長到不需要擔心的地步了。

所以——就算這不是自己想要的生活，但如果要好好詢問自身的話，我又期待著什麼呢？

「果然還是想創業看看啊……」

不想讓自己卡在過於穩定的位置，以臺灣現在的風氣來看，還是小型創業最好吧？自由就是該拿來這麼運用的不是嗎？

反正跟老爸要點資金就能試試看了。說到創業的第一個目標，就算是老梗的選擇，也還是想試試看小型的咖啡店啊，畢竟我對咖啡也算小有興趣。

咖啡店……

「那位少女，是在咖啡店見過……」

自從見到那位雨衣女孩，直到此刻，仍有種無法言述的苦悶堵在胸口，讓我連呼吸都難以平靜。

我是在咖啡館見過她嗎？似乎是有著類似的樣貌，但給我的印象完全不同。坐在靠窗位置讀書的長髮少女穿著白制服與黑短裙，側臉相當冷淡。

記得是在大學打工時遇到的女孩子。可是，我應該從來沒有在咖啡店工作過才對？

我沒有去打工的理由，除非是必須煩惱錢的問題，如果有著那樣的可能性——

簡直像夢過那樣的場景似的，腦中有些朦朧的回憶。

可是當我對著那些畫面的殘影仔細思考，在對少女的冷淡印象之外，卻又有著很微妙的，該說是懷念還是憤怒的情緒夾雜在裡頭。

對，是憤怒的情緒。

似乎我在這裡躊躇半分，都會對她的未來產生巨大的影響。

狂亂的思緒讓我輾轉難眠，只能睜大眼瞪著天花板。

到底，我在幹嘛呢？

我為什麼還在這裡？

腦海裡迴盪的，是太過於莫名其妙的疑問。

對了，無法去完全記憶起來的女孩——

她的名字又叫什麼？

一聲破裂的巨響，中斷了我的思考。

我立刻跳起來看向聲音來源。陽臺的落地窗碎了一地，闖入的人物風姿凜然地佇立其上。

是一位披著破舊斗篷、手持鐮刀的黑髮少女。

面容跟下午見到的女孩神似，氣質卻冷淡很多，而且她的眼眸也不像人類——

猶如老舊的映像管電視，闖入者的雙眼充滿不明雜訊。

「醒了？」

少女劈頭就是一句詢問，完全不打算留時間給我思考。

她是——傍晚在淡水老街看到的雨衣少女？但總覺得給人的感覺截然不

同。

與腦海裡記憶相違背的，是莫名欣喜的情緒。

這種矛盾的思緒到底是怎麼回事？越是思考腦袋就越加沉重，彷彿有個人一直在我耳邊低喃——

請不要想起來。

雖然狀況相當怪異，她的鐮刀卻是實在的生命威脅，我沒打算報警，只能笑著指向自己反問。

「什麼醒了？我一直都沒睡呀。」

「那就好。」

好什麼呀？我都不知道要發脾氣還是做何反應，猶如死神的少女卻一把拉下床邊的我，那力氣大到跟嬌弱的外表完全不相稱。

「我懶得等你醒來，走。」

「走？走去哪——」

話都還沒說完，少女便以非人的力氣拖著我前進，甚至一路衝到落地窗外。

然後連大叫的時間都沒有，一跳就從三樓的陽臺躍下！

天上的銀色圓月大到彷彿占滿整個夜空，既美麗又讓人莫名恐懼，彷彿被這巨大的星體監視著。

她的出現似乎打破了現實的法則，我們著地時完全沒有受傷——原來是地上已經鋪好了軟墊。

至於她是怎麼爬到三樓的，我回頭一看，發現了一條架好的攀繩索。這孩子是去哪裡接觸這些訓練的啊！

「等——」

輕鬆降落的死神少女也不給我思考的機會，繼續扯著我衝向街道角落。

少女的力氣和腳程真不像普通人類，我以為會被她扯著一夜狂奔，但她很快就跨上停在角落的一輛普通機車，連安全帽都沒戴就發動了引擎。

「妳會騎車？」

「不太會。但看著總會一點。」

死神少女的簡潔回答讓我說不出話來，但由於她另一手的鐮刀正抵在我脖子上，我也只能苦笑著答應。

「好啦！我會跟妳走的！不過是要去哪？」

「最初的場所。」

聽不懂少女的意思，但礙於性命莫名地掌握在她手上，我也只能跟隨對方行動。

我一坐上後座，少女就催下油門，機車衝出住宅區寧靜的街道，朝向我不知道的那個場所前進。

夜晚的臺北市——也比想像中安靜。

許多大樓點著燈火，路邊卻不見行走的路人與穿梭的車輛。就連燈火通明的超商，仔細一看卻不見任何活動的店員與客人。

就算是週末的十二點，以首都來看也實在太寂寥了一點。在越來越感到矛盾的我耳邊，傳來了少女清晰的聲音。

「要做出能獨立思考的生命體，正常來說不可能。」

「做出獨立思考的智慧？」

「嗯。」

對於我的疑問，少女本來想繼續解釋，前方不遠處卻突然湧現花叢，形成了天然的路障。

少女似乎嘖了一聲，右手不知從哪變出瓶口點燃的酒瓶——啥？汽油彈？

她將汽油彈扔向孤挺花叢，機車更是加快速度、直直駛進燃燒的火場。

一頭衝出火焰後，少女才繼續解釋。

「不論蜉蝣或人類，都有完整一生的時間軸。即便寄宿著怪物——人類也無法模仿神明。」

對於她的解釋，我愣了愣才反問。

「聽起來很像科幻電影的設定之類的？」

「……」

似乎惹對方生氣了，少女選擇沉默不語。

糟糕，沒想到這種話會激起女孩的牴觸情緒，我思索著要怎麼挽回，雖然就關係上應該是她擄走我才對？

但還沒找到下一個話題，狠催油門的少女又逕自說話了。

「你在這裡，快不快樂？」

快不快樂？是說至今為止的人生嗎？

竟然剛好是我入睡前思考的問題，於是我想起自己的家庭、家人，還有持續至今的放蕩，卻又被迫重新回到社會的人生。

最後，我嘆了口氣。

「很快樂。」

「……」

不知是不是錯覺，少女騎車的速度似乎放緩了。

而在我們周圍則是越發茂盛的孤挺花海，如果就此停下的話是不是會出什麼事呢——有這樣的預感。

但我想講的話，其實還沒說完。

「我的意思是——我覺得我的家人過得很快樂。」

「……」

少女仍然一言不發，我則抬起頭注視著臺北的夜空。

過於寬廣、被月亮占據了大半，卻沒有半點星光的夜晚。

「本來，我真心認為以我們這家人的相處狀況，遲早會發生什麼事情吧。

「但老爸就只是忙碌了一點，老媽也有妹妹繼承她對我的夢想，藍華看起來也過得算很開心……

「最不可思議的就是我了，並不是說我期待著什麼厄運降臨到自己身上……只是，我至今的人生果然太『平順』了。

「我不免會去想，像我這樣的『人渣』值不值得擁有這種人生？應該是不行的吧。」

事。

我想起傍晚在淡水的雜貨店時，注意到藍華身上並沒有戴玻璃珠項鍊這件事。以前是希望妹妹能夠獨立堅強，才給予了那樣的承諾，如果她現在不需要的話，不戴上也沒關係。

「家人——特別是妹妹，需要擁有幸福的未來，這是我做哥哥的立場。」我輕輕嘆了口氣，「但我果然還是想前進，徹底離開這個舒適圈，看是要開業什麼都好——說起來我想開一間咖啡店，像妳這樣的女孩子就適合坐在窗邊看書呀。」

那仍充塞在內心的苦悶以及衝動，迫使我問出了下一句關鍵。

「我在哪裡認識妳嗎？綁架我的小姐？」

「……嗯。」

不知是承認還是不予置評，少女只是輕輕應了一聲。

車速再度加快，那一大片孤挺花海終究被拋在腦後。

話說回來，對擄人的犯人說這些話似乎太奇怪了，或許是看在對方是可愛的美女的份上吧。

之後，我安靜地享受著與少女間的靜默，內心的悸動卻更加放大。我認識許多女性、也和很多女性交往過，她卻是最特別的一位。

如果在別的地方跟她相遇——或許我還是會受她吸引吧。

「……『還是』？」我喃喃自語著。為什麼會在心裡用上這個詞呢？

在一段不短的車程後，機車最終停下了。還以為會把我載到荒郊野外什麼的，面前卻只是一棟老舊的公寓，雖然破舊，但沒有什麼特別的地方。

「妳要綁架我還躲到這種明顯的地方？」

少女拿著巨大鐮刀觀察周遭長出的孤挺花，強勁的晚風吹開她的斗篷，露出裡頭的學生制服。

她回過頭，再次一把牽起我的手。少女的手掌很冰冷，雖說如此，我也不會憐香惜玉，這次迅速踩了剎車，不讓她拉動我。

「我可沒有跟妳上去的必要喔？」

在燦笑著的我面前，少女的面容依舊相當冷淡。

「你想知道真相？」但語氣果然也有點焦急了。

「真相？什麼真相？」

對於我的反問，少女只是沉默了數秒。

「**劉松霖。**」

不，我的名字叫做袁少華吧？

然而，在這麼想的一瞬間——面前的一切景色扭曲，彷彿回到了那個地方。

那個男人。我被囚禁在只透著幾絲陽光的囚房。

四面發霉的牆壁與發臭的蟲屍，只有男童的笑容仍然清晰。

為什麼他要微笑呢。

「啊啊……」

腦內伴隨著幻覺傳來劇痛，雙手抱肩的我痛得跪了下去。

這個陌生的名字，對我來說很重要。

非常非常非常非常重要。

為了他，我捨棄了全部。

為了他——我才甘願扮演小丑。

腦海裡各種情緒交織衝突，讓我只能發出悲鳴。

「冷靜。」

少女的聲音明明無情，卻實實在在地關心著我。

這個名字對我的吸引力甚至超過對面前奇怪狀況的判斷力，我顫抖地起身，順從少女的要求。

「我不認識妳，也不認識劉松霖……」我朝她踏出一步，「但，有種今夜不得知真相，就會後悔一輩子的感覺。」

對於我那莫名其妙的說法，她只是點點頭。

「嗯。」

在蔓延的孤挺花海吞沒我們之前，少女便拉著我衝進公寓的樓梯間。

但就算跑進公寓，也不代表我們的處境就能安全。

如果一座城市荒廢許久，植物連破裂的水泥都能撐破。就是如此頑強的生命體撐起了全地球的生態。

我們奔跑著爬上水泥樓梯，沿路甚至連牆壁上也開始挺出一支支孤挺花。碰到孤挺花似乎會發生什麼事情？少女將我拉開，揮動冒出火焰的鐮刀，將阻擋我們的密麻植物燒出一條路。

經過一番折騰，我們終於到達了公寓頂樓。

灰地板的天臺空無一物，除了迎面而來的風勢有些強烈，並沒有什麼特別的地方。

「我們來這幹嘛？」

滿身大汗的我愣愣地看著面前的少女，一時搞不懂她的意圖。儘管——對這陌生的地方，我的內心竟湧現出一點點懷念的情緒。

「回想。」

回應我之後，長髮少女丟掉了斗篷與鐮刀，逕自爬到水泥護欄上。

在那上頭能站立的空間不多，這棟公寓大約有五層樓高，只要一失足，就可能從數十公尺的高空滑落。

搞不好下方也有軟墊之類的，不過剛剛一路跑上來其實相當匆忙，她真有時間去做那種準備嗎？

不會，她這次不會做這種準備。是直覺、還是腦海深層的意識這麼告訴我。

因為穿著制服的高中生少女——一直在生死間徘徊。

腦中閃過的，是一位少女抱膝坐在發亮的電視機前，面無表情、彷彿對別人命運早已看淡。

她自稱預言者，她自稱死神，但那些都是偽裝。

我近乎屏住呼吸，就算頭痛到全身彷彿要因此四散，還是強迫自己往意識深處探索，甚至雙手都扯下了幾絲頭髮。

「啊……」

還沒找到真相，但大口喘氣著的我得到一個結論——我必須立刻採取行動！

狂躁的心跳與莫名的悔恨讓我立刻往前衝，但少女只是側頭望著我，以空虛的表情向我提出一個疑問。

「我現在會死嗎？」

這次的詢問不再冷淡，在我聽來卻是濃濃的疲倦。那空洞的雙眼，到底注視著何方？

妳眼中所見的前方，真的有能讓自己幸福、不再被命運囚禁的未來嗎？

我一直一直，很想向「A子」問個清楚。

名字，記起來了。

我終於回想起少女的小名，她卻微微勾起嘴角，轉身一躍而下。

這次我沒有趕上，拚命伸出的手只抓到一陣虛空。

這不就代表，數個月前的那一次跳樓——A子果然也在猶豫！

妳也會害怕死亡啊！那為什麼要跳下去！

我半摔半趴到水泥護欄上往下看——

在數十公尺之下的地面上，是倒臥在血池中的女高中生屍體，肢體因為重捧而變形。頭顱綻放血花的A子，不瞑目的雙眼映著銀白月光。

A子還沒預言自己會在這時會死亡，明明還沒有。

剎時間，無數有關我與她的回憶，包括最初的相遇、學姐的遙遠雪國、祕密基地的向日葵、夢中的墾丁之旅、一〇一觀景臺上的對話……

還有在那棟純白別墅的陽臺上，少女首次露出的笑容。

怪物當然只能跟怪物交往。

被拯救的我從那時候就下定決心，在這渣滓般的人生的最後，我想再次讓她露出那樣的笑容。

好多好多的回憶強灌入腦海，那些才是鮮明生動的、我真正經歷過的回憶啊！

即便痛苦無比、即便充滿難堪，卻都是我與A子做出的行動，共同創造的過去。絕非現下這個藍華捏造出的「我」能取代的寶貴回憶。

我才對藍華說過，記憶能夠塑造出一個人的人格。以她的渴望所杜撰的記憶，那個編寫出的我就不再是我了啊！

沒有受到放蕩過頭的懲罰、沒有與劉松霖交換靈魂、沒有在劉松霖與袁少華的身分中掙扎……

更重要的是——沒有遇到A子。

現在我找回了重要的記憶，A子、A子卻……

「啊啊……」我跪倒在地，身體顫抖，淚水不停滑落。「啊啊啊啊……」不成聲的嘶鳴，遠遠不足以表述我的痛苦懊悔。

我到底——在幹嘛呀！

傳假裝平安的簡訊給A子，只是為了這一幕才欺騙她嗎！

我雙手緊握，用力捶在水泥地板上，一次又一次，那痛感也無法將我帶回現實。

她的死亡明明就該在十八歲生日的時候，她到底是抱持著什麼覺悟，才願意提早迎接死亡……

我腳步不穩地爬上護欄，望著夜空中的巨大月亮。

果然，也只能以自己的生命來……

突如其來的力道將我拉回天臺上，由於著陸的姿勢很差，痛得我發出哀號。

視野卻被一張熟悉的冷淡臉孔占據。

「A子？」

A子不會預言自己死亡

是方才應該已經死在地表的少女，現在看起來不只安然無恙，額頭上連一滴血都沒有。

又驚又喜的我還無法回神，少女將鬢角髮絲勾至耳後，冷淡的語氣中似乎帶著指責。

「這是夢。」

「……靠。」

我趕快爬起來，一旦徹底意識到這只是場夢，就能感到這座人口稀少的臺北市，以及隨處可見的孤挺花海有多異常了。

既然是夢，A子的死亡也不會成立了吧？

隨後衝上心頭的——是讓人想死的尷尬與羞恥。

「我剛剛發瘋的糗樣，妳看了多久？」

A子沉默了足足有半分鐘，以莫名清澈的雙瞳凝視我。

「可愛。」

啊啊啊啊啊啊！為什麼評價是可愛啊！妳果然是怪物！

我幾乎想抱著頭在地上打滾，發現A子沒死的喜悅已經煙消雲散。

「跳樓很痛。過於真實、沒有分辨清楚的話，意識也可能醒不來。」

A子的話讓我嚇得不輕，只能再次確認。

「真的？」

「沒實際測試過。你想試試看？」

「免了免了！」我連忙揮手賠笑。

我還對之前在雪國中被北極熊秒殺這件事有點陰影。A子好像對我的遲鈍很不滿，搞不好真的會一把將我推下去。

不過，就算冒著巨大的未知風險，她還是選擇用跳樓自殺這種極端的方式喚醒在我意識深層的記憶。

不只是共犯，我在她心中也有一定的位置，這個事實讓我的胸口一暖。

這麼說來，難道之前的墾丁夢就是在做這種狀況的預演？

「妳在夢中跟我去墾丁，也是這個目的？」

「沒想到你這麼笨。」

又被罵了。因為是事實，我也只能露出苦笑。

「結果，只能用這種極端的方法呀。」

A子直接回應了我的猜測：「袁藍華的夢境太擬真了。」

她抬起頭，注視著上頭過於貼近地表的巨大月亮。

話說回來——這裡的月亮確實大得異常，彷彿隨時會撞上地球。現在我也感受得到夢境迥異於現實的細節了。

「只要出現與真實徹底衝突的事物，就有機會喚醒陷入夢中的人。」少女回頭看著我，「有人這麼教導我。」

「真好奇教妳這些怪知識的人是誰呀……」

從上次學姐的雪國事件時就想問了，這些關於夢與怪物的知識，A子是自己摸索的嗎？現在聽起來，果然是其他人傳授的知識。

不過，此時也不是深究的時機。

「所以妳是認定了『A子不會在預言的時間點前死亡』，這點對我來說是跟真實徹底衝突的事情？」

「……嗯。」

不知為何，雖然她說話的語氣還是一如既往的冷淡，我卻覺得很甜蜜。

因為，這是我們的關係已持續向前的證明，也代表她比我想像的更加信任我。

我先是露出一抹燦笑，然後——張開雙臂抱住了A子。

緊緊地，想要不顧一切地表達喜悅。

「下次不要再亂搞了。」

「嗯。」A子並沒有抗拒，只是靜靜回應一聲。

少女的體溫，真的比想像中低很多。

數個月前，她的出現證明了這個世界存在著異常，那就是對我的救贖。

彷彿對應著她的冰冷，那充滿溫暖的未來還不知在何方。所以，我現在根本不該被困在夢裡啊……

自己一時屈服於命運，竟然讓A子置身於更危險的處境，還讓她想辦法來救我。為此，我只能在心裡默默道歉。

但安寧的時刻並沒有持續太久，當我意識到這只是夢境的同時，就註定有另一個女孩要為此傷心。

「哥哥……醒了嗎？」

收回擁抱A子的雙手，我靜靜看著站在頂樓入口的藍華。

藍華像平常那樣穿著款式類似的洋裝，顏色卻天差地別——是那不知何時覆滿整片頂樓、屬於孤挺花的焰紅。

「藍——」

在我出聲想說些什麼時，卻被A子打斷。

「妳不是『袁藍華』。」

啊？什麼意思？

我無法理解A子在說什麼，雖然現實中藍華的情緒常常極端起伏，但看起來也都還是同一位妹妹，難道是什麼人格分裂的說法？

藍華似乎也沒想到A子會這麼說，愣了愣。

「妳就是哥哥的女朋友嗎？太無禮了吧！為什麼要闖進我跟哥哥的美夢！」藍華指著A子怒喊，「我不是袁藍華的話，妳又是誰！」

啊，我確實說過我有一位中文系的女朋友。

夾在生氣的妹妹和冷淡的A子之間，我有點左右為難。更麻煩的是，這件事該怎麼收場？

藍華的憤怒似乎有點異常，像被戳到痛點似的。而且回到現實之後，還是要面對那個對一切失望、寧願躲進夢裡的藍華……

可A子的個性從不管這些，這點在上次處理學姐問題時我就知道了。

「妳是『怪物』。」A子不為所動，直接道出驚人的事實。

現在這個藍華，就是怪物本身？

「等等，妳說『藍華』是怪物？」

仔細想想，怪物本來就是很籠統的說法。只要是夢境的扭曲產物，都能說是怪物本身吧？這是從雪國學來的經驗，學姐的整座雪國其實都是怪物的軀體。

Ａ子似乎也不是在亂嗆聲，只見藍華發出悲鳴，單手撐住似乎在發疼的額頭。

「閉嘴，我是藍華——我沒有欺騙哥哥！」

孤挺花海不由分說地襲向Ａ子，卻被重新出現在少女手上的鎌刀斬得乾淨。

藍華的夢境跟學姐的雪國似乎不太相同，更加具有侵略性。

記憶中的小藍華明明內向又害羞，雖然扭曲的成長過程會帶來更多變數……但，人的性格真的有這麼容易改變嗎？

「妳和我記得的妹妹確實不太一樣——藍華，妳在夢中不想戴項鍊嗎？」

或許那條項鍊，隱藏著某種關鍵。

藍華抓著胸前本該是鍊墜所在處的虛空，眼帶悲傷卻警戒地看向我。

「……哥哥也注意到了嗎？」

我還來不及回答，Ａ子就直接跨步向前，火焰鐮刀燒光了所有阻礙在身前的孤挺花。

暴力至極且不留情面，還是我認識的怪物嘛。

那異常的壓迫力逼著妹妹向後退，甚至朝我這邊投以求救的眼神，我卻不知道該幫誰。

不過幾步，藍華就已經退無可退，貼在了頂樓入口的牆壁上。A子將鐮刀抵在藍華的胸前，以死神的冷漠姿態居高臨下。

「我無法削弱妳。」

對了，A子從一開始就一直在強調這個。沒辦法像學姐那次直接毀滅夢境雪國的分歧點究竟是——

只見少女抬起頭，凝視著那巨大的天體。「妳既是怪物，卻也是袁藍華人格的一部分。」

……A子說了什麼？

「嗚……」

似乎被說中的「這個藍華」跪了下來，全身忍不住顫抖。於此同時，天上的月亮、那個巨大的天體褪去了偽裝。

「啥……」

我吃驚地看著銀月的變化，沒想到在布滿隕石坑的表面消散後，藏在裡面的竟然是天藍色的球體。

天藍色是來自懸浮於空中的水，實際上就是一顆大水球。因為是夢，也不需要在意壯麗的水體是如何違抗重力的。

但是那清澈的水體深處，差不多在球心的位置，竟然是穿著淡藍洋裝的另一個藍華，蜷縮著身體沉睡著。

第七章
給 Alice

Miss A Would Not Foretell
Her Own Death

在頭頂的水體顯現的同時，地上也開始出現驚人的變化。以我們所站立的頂樓為中心，周圍的城市夜景在轉瞬間崩解，比移除舞臺上的布景還要迅速。

不過在眨眼間，腐朽的都市被竄出的火紅花海淹沒。就像幾個月前我從束縛自己心靈的囚房中脫離那樣，藍華的夢境也在瞬間變得開闊。

無半點星月的夜幕下，遼闊的土地上開滿了點點發亮、香氣撲鼻的孤挺花，與天上靜靜散發淡藍光芒的巨大水球形成強烈對比。

火紅與水藍，似乎天生相剋、卻又相安無事地同時存在，這副景致，我想就只有在夢中能夠見識到了。

就算沒有A子提醒，我也意識到極度對立的色彩或許也是怪物本身，這就是藍華內心的世界。

A子放下了鐮刀，被戳破真相的那個藍華緩緩走到我面前，不過，她只是以寂寞的笑容注視著我，眼中沒有任何敵意。

看來，不管是哪個藍華都很信任我。對妹妹只有滿滿的心疼，我只能緊緊抓住她的手。

這個藍華的雙瞳也顯現出了真貌，變成一片孤挺花的紅。

「我不是藍華。但確切來說，是『不完整』的藍華。」她開始低聲解釋自己的由來。「我是藍華最原始的欲望，受到外界以及讀取到的瑣碎記憶——這片花海的影響，也就是最原本的我。」

這樣的概念，好像在哪聽過……

一時要想突然想不太到，這時一旁的A子插嘴了。

「佛洛伊德的學說，『自我』、『超我』及『本我』。」

啊，就是這麼回事。

「『本我』是最原始的欲望，『超我』是最高的道德標準與規範，人在『本我』與『超我』間調節，最後以『自我』去面對外界……」

當然，這套理論和藍華實際面對的狀況多少有落差，卻似乎對得起來。

或許是在怪物寄宿的前提下，加上現實親人死去與家庭崩解等過於巨大的壓力，藍華的本我與超我逐漸無法調節，甚至讓怪物寄宿的本我開始掌握主要的人格。

所以藍華之前和我相處時，她不時會顯現出比較危險任性的一面，跟我記憶中拘謹內向的小藍華很不一樣，原因就是她壓抑的本我漸漸滲透到現實中了嗎？

這和學姐以雪國當作心靈避難所的狀況完全不一樣，無論如何，怪物早已經成為藍華的其中一部分人格……還是說，原本就是一體呢？
查覺到A子話語背後的意思，我的背脊因此發冷。
「如果在這裡草率行動……」
似乎害怕自己真的被殺掉，這個藍華緊緊抱住了我。
A子點點頭。「人格的缺損無法補回，袁藍華便不再完整。」
「這……」
我吞了口口水，一方面是感謝A子的細心以及溫柔。但另一方面——我抬頭凝視水體裡沉睡的另一個藍華。
「所以是在我拒絕藍華後——她的超我徹底沉睡了？」
屬於本我的藍華沉默不語，大概是默認了我的說法。
不過，正因為她是代表原始欲望的藍華，將頭埋在我胸口的少女更加露骨地表達出內心的痛苦。
「我恨爸爸，恨爸爸為什麼不照顧這個家。我恨媽媽，恨媽媽為什麼不那麼堅強。我恨這個世界，恨世界為什麼這樣對我，明明我一點錯都沒有。」
然後，話鋒一轉。
「我更恨的——就是哥哥。還活在世界上，卻不願意回到我身邊的哥哥。我恨哥哥離開家裡、我恨哥哥過得比我自由、我恨哥哥為什麼不再是袁少華……」

接著藍華沉默了下來，似乎在整理思緒。

「可是。」再次抬頭面對我時，她的淚水充盈眼眶、說出的話也帶著鼻音。

「我最恨的——會不會是我自己呢？恨逃避的自己、恨失去勇氣的自己……」

沒用的我只能倒吸一口氣，一時間說不出什麼話來安撫藍華。

但不可思議的是，在經過這番波折後，此刻我的心境卻非猶豫與痛苦，而是莫名的平靜。

我靜靜摸著妹妹的頭，然後努力露出最溫柔的笑容。

「那藍華——妳會恨音樂嗎？」

「……」

她沉默了，內心似乎劇烈地掙扎著。但，正因為她是最初的藍華、有著最原始欲望的藍華，也是對自己最誠實的藍華。

「不恨，我不想去恨……」

我忍住眼眶裡打轉的淚水，默默點了點頭。現在我能先做的，只能緊緊抱住傷痕累累的妹妹，給予她微不足道的溫暖。

後來，本我的藍華並沒有阻止我們離開。

我們順利醒了過來，但在我的意識遠離前，佇立在孤挺花海中的她還是難過地說了一句話。

「哥，我不會回到現實的。」

猶如心臟被狠狠打上一記木樁，我在宜蘭別墅的房間坐起身，只能摸著空蕩的胸口深呼吸一口氣。

夜晚的空間充滿著床頭燈的黃色暖光，從帶著幾分少女味的裝潢和床邊的幾隻動物娃娃，我大概猜得出來這是藍華的房間。

房間的主人此刻就沉睡在我身邊，還緊緊抓著我的手。果然如夢中所言，藍華不願意再次面對這無趣的世界。

「對不起。」我輕輕地抽回手。

人類是何其脆弱的生物？被剝奪的生命與苟活下來的生命，無論是誰都無法得到救贖。

成為劉松霖後，我刻意疏離這世界的這些年，確確實實傷害了重視的家人。

收起雜亂的心情，我將視線投向坐在床邊的A子，看來是拉了張書桌椅來小睡，方便侵入夢境。

「妳是什麼時候跟來的啊？」

少女悠悠醒過來，我才發現她穿著的白襯衫與黑短裙，乍看還以為是學校制服。就算剛醒來，A子還是保持著酷酷的側臉，一點都不可愛。

「在簡訊前。」

A子那臺電視機肯定看到了藍華電暈我的部分，考慮到墾丁夢也是計畫的一環，搞不好從一開始她就擬好了所有的行動。

——妳真的只能看到不完整的命運嗎？

「這棟別墅的牆很好爬，趁你們進屋時跟著進來。」

這行徑跟闖空門的小偷毫無差別呀！雖然很像A子會做的事就是了。

我只好苦笑，不知是該稱讚還是吐槽。

「妳真的是我認識過的女孩中——最有行動力的人了。」

我起身伸了伸懶腰，走到窗邊冷靜一下慌亂的思緒，同時拿出手機對時間。

半夜一點，外頭的月亮雖還是飽滿的圓，其實中秋節已經過去了。

不知道我被藍華電暈的時候是幾點，應該至少在床上躺了幾個小時，而夢境中的體感更是過了好幾年，時間流逝與現實截然不同。

A子不會預言自己死亡

這次確實感受到了，只要記憶被修改的話，即便是幼童也能夠背負老人的一生。

「記憶修改……」

袁藍華的怪物源頭不位於未來，而是過去。

我想起A子的話，還有這句之後的補充。

除非你想殺掉袁藍華，以阻止自己的死亡。

這個意思恐怕是——就算藍華後來醒來了，被孤挺花海主導的怪物本我也會繼續找機會拉我進夢境嗎？

我那已沒有血緣關係的妹妹真讓人煩惱，這次遠比學姐的狀況難解決。

努力轉動不怎麼樣的大腦用力思考，我卻突然想起一件事。

「A子，我的死亡跟藍華的死亡——**難道不是先後發生的？**」

總覺得有些奇怪，藍華入夢的用意和祐希學姐類似，都是想要一覺不醒。

但這樣——她又怎麼會在慈善晚會中死亡？

還坐在椅子上的A子點點頭。

「分歧點，就在你的決心。」

「分歧點？」

A子對我的反問一臉不以為然，感覺又在嫌我笨了。

「命運的軌跡，並非固定不變。如果你不受過去影響，有可能會接受袁藍華的願望。」

接受——這怎麼——

但一想起佇立在風雪中的學姐，我頓時明白了A子的意思。

「不……確實有可能……」

如果我沒救回祐希學姐，現在的我精神狀態一定更加負面，或許會接受藍華提出的心願，努力去彌補她那空洞的心靈。

但這樣子，藍華也會失去未來嗎？

「袁藍華會在表演中意識到你回不來的真實，本該紓解情緒壓力的玻璃珠反而變成水牢，最終在其中窒息。」A子總結道，「所謂的『溺死』，是不再能區分現實與夢境的她，因窒息的感受太過真實，身體也隨之無法呼吸而死。」

「……」這次，我真的說不出半句話了。

就算我接受藍華的提議，她也會因為內心的糾結，被怪物的本我拖下水而在慈善晚會中死亡？

幹！這三小啦！我妹也太難搞了吧！

難怪A子會希望我堅定自己的想法，現在確實是沒走到那個地步……

「所以，現在是我拒絕藍華後的結果？」

「對，拒絕後就是現在這種狀況。」

我吞了口口水，因為少女的雙瞳再次布滿雜訊。

「如果我沒出手，你會和她一起死。」

想到這裡，我的胸口就只有更多苦悶。

「我出去靜一下。」

「嗯。」A子輕聲答應了。

我拖著沉重的步伐打開房門，看了沉睡的妹妹最後一眼，接著轉身走出去。

事實上，我也沒有哪裡可去。

我沒有開燈，藉著月光在別墅裡逛了一圈。都是那麼熟悉的景物，彷彿過去這幾年完全不存在，我們家還是原本那樣——

嚴肅的父親，在沙發上看美國棒球轉播。

忙碌的母親，在廚房處理今晚的菜色。

無憂無慮的妹妹，對庭院飛高高的風箏露出笑容。

再加上已逝的奶奶與在我出生前就死去的爺爺，這裡曾是袁家最重要的祖厝，更是心靈的歸宿。

推開通向庭院的落地窗，我光著腳踏上草皮，抬頭注視天上的月亮。

中秋剛過，月明星稀，卻已今非昔比。家人四散——永無重聚的一天。

「那麼爹地，你想做什麼決定呢？」

在我獨自懷念過往時，穿著雨衣的小I果然現身了。怪物少女雙手放在背後，微笑著問道。

我想起在藍華夢中見到小I時的激動反應，現在除了羞恥之外，或許也有一點不解吧。

那種反應理應只對重要之人才會出現，但對於存在於夢境中的怪物，我卻沒有更多記憶。

「要做什麼決定？藍華的問題幾乎無解啊。」

小I微瞇雙眼，露出狡黠的笑容。

「少來，爹地心中已經有想法了吧？你騙不了我喔。」

「唉，什麼事都不可能騙過妳耶。」畢竟是內心的怪物，我只能無奈地聳聳肩。

發出微微亮光的小Ｉ只是背對著我，跟我同樣抬起頭欣賞夜空。

「不管多少次，你都會做出同樣的決定。不管多少次……」

這句話聽起來怎麼有點不妙，還有她的態度，彷彿看透了也經歷了一切，因此變得疏離淡然。

「只是，果然還是會傷心呢。」少女的側臉明明充滿了悲傷，卻仍然掛著微笑。「爹地明明是如此善良的人，為什麼卻只能選擇說謊度日呢？」

小Ｉ轉身看向我，那雙眸真摯而動人。

「雖然——我也沒什麼資格對爹地說這種話吶。」

在成為劉松霖後，我最信任的兩人竟然長得一模一樣，真是不可思議的體驗。

「我能做的就是陪伴在爹地身邊，讓你的精神獲得一點慰藉也好——像這種微不足道的事情。」怪物少女露出了哀傷的笑容。

「所以我想給你一個建議，在這一刻，爹地能不能選擇暫時拋棄一切，短暫當回那個『最初的袁少華』呢？」

「最初的袁少華……」

飄到我面前的小I點點頭。

「只有幾分鐘也好，就當作我對你的撒嬌吧～」

我左思右想，一時不懂小I的意思——啊，原來是那件事嗎？

我帶著小I走回室內，坐在落地窗旁的鋼琴椅上。

確實在這一刻，彈琴能讓我的心靈獲得短暫的解放。因為現在的我不帶任何目的，不需要為誰演奏。

我不用像在遙遠雪國那次，為了讓學姐共鳴而彈奏。

我也不用像在咖啡店那次，將對妹妹的遺憾付諸琴聲。

只有此刻的我，能夠不受拘束地、純粹地沉浸在演奏中。

諷刺的是，這卻是過去身為袁少華時，我主動放棄的事物。

「妳有想聽的曲子嗎？」

靠在琴椅邊的小I搖搖頭。「爹地挑自己喜歡的就好。」

看來小I只是想讓我放鬆，沒有什麼特別的想法。

不過，我還是想將這首曲子獻給小I——以及還在房內的A子。

於是，打開琴蓋的我將雙手放上琴鍵。

曲目是蕭邦非常著名的作品之一，《降E大調夜曲，作品九之二》。

第一次，在我腦海裡迴盪的不再是沉重的回憶。

雖說小I希望我回到最初的袁少華，但這段日子的回憶，也是我以自己的意志與行動努力去獲得的變化。

我想起與A子相遇後的種種，以及這幾個月來小I的陪伴。明明現實是如此枯燥而痛苦……但好像，也沒這麼壞。

月光與琴音如水般盈滿冰涼的室內，優雅旋律搭配圓舞曲式的迴轉伴奏，最後是驟然拉高的音域，彷彿暗示著我該下定決心。

下定決心，繼續欺騙這個世界。

為了讓重視的人不再難過，即使我將付出孤獨的代價，我也想做不會後悔的決定。

全曲最後反以平靜的收尾結束，演奏完的我緩緩睜眼，這才注意到身邊的不同。

「很美。」

小I不知何時消失了，靠在琴邊的女孩變成了A子。

籠罩在銀白月光下的長髮少女側影相當美好，是最適合蕭邦這首夜曲所描述的畫面，連我都有些心跳不已。

雖然我一直希望Ａ子能更坦率地展現情緒，但卻無法否認，最初我會跟著Ａ子到處跑，就是被她那不屬於人世的空靈氣質吸引。

足以與音樂相襯的，最純粹的美好。

「妳是聽到琴聲才過來的？」

她點點頭，而且繼續給予好評。

「比之前彈奏過的都要悅耳。」

這稱讚真不錯，我想了想，乾脆露出燦笑調侃。

「因為是想著妳去彈奏的呀！」

但Ａ子的冷淡表情依舊沒有變化。拜託妳也害羞笑一下嘛。

我猜除了強迫搔癢，可能沒有其他方法能讓Ａ子發自內心露出笑容了。至少我還是得到了少女的好評，如此也能更堅定地傷害自己。

「妳剛好出來，我就順便問了。這個方法，有沒有機會成功？」

我把從醒來之後就一直在腦海裡琢磨的想法告訴Ａ子。

少女半垂眼簾，思索了片刻。

「理論上有機會，夢境對意識的影響足以覆蓋真實，即便對象是怪物本身。」

A子不會預言自己死亡

「真的？這代表這計畫可行？」

對於我期待的語氣，她卻故意潑了冷水。

「這仍然是說謊。」

啊啊，確實是說謊呀。

無法否定A子的質疑，但我還是努力露出壞笑。

「這種方法只有我適合呀。」

「……」

她就這樣默默看著我，直到我的背後冒出冷汗，才給我具體的承諾。

「夢境由你展開，必要的細節我會在旁補充。」

「謝啦。」

確定計畫可行後，剩下就是具體的細節要怎麼安排。

我們花了至少一小時討論、修正，就連A子也沒有這麼嘗試過，所以行動的風險不小。

雖說如此，我還是想去試試看，不然也沒有退路了。

好不容易，我和A子確認好了所有細節，重新回到藍華的房間。

妹妹依舊躺在床上，雙眼緊閉、呼吸深沉，不願意面對這個現實。

我在床邊蹲下，撫摸她的髮絲，直到這時才發現剛醒來時忽略的事……那條玻璃珠鍊墜，仍然被藍華緊握在手裡。

「身為家人的我，希望妳能不再傷心流淚——雖然這是不可能的吧。」即便前方痛苦無比，妳也必須走下去。這是我最想告訴妳的，真實卻殘酷的提醒。

開始之前，我在心中默默說了一聲對不起。接著我閉上眼睛，讓自己沉進溫柔卻無情的最後一場夢境。

半夢，半醒，我的意識漂浮在或遠或近的回憶之間。

我和藍華逛著淡水老街，小小的藍華珍惜地捧著廉價的彈珠。

——對妳來說，玻璃珠的存在，會不會反而是變相的束縛呢？

因為我給予了妳過於美好的承諾，現實卻與理想相差甚遠，狠狠違背了妳的期待。所以妳必須用例行動作穩定心神，一遍又一遍從回憶中擷取力量、接著一遍又一遍為此被現實所傷。

就算我沒有遭遇不幸，終有一天我也會離開妳身邊，妳還是必須獨立堅強。

作為家人，自然希望妳能活在避風港之中，永遠不會難過哭泣。
可這卻是不可能的。
但是，正因為清楚現實有多麼難，妳才沒有真正被命運擊敗。
因為妳沒有放棄自己的最愛，妳仍然成長為一位出色的鋼琴家。
這就是妳的第一個願望、最希望我能完成的願望還是與「鋼琴」有關的原因。
無論如何痛苦，那是連本我的妳都無法否定的，發自內心熱愛的夢。
那片孤挺花海——就是源自於對音樂的熱情吧。就算妳自稱為詛咒，卻是帶著甜蜜而扭曲的詛咒。
所以，這是哥哥唯一想到的，在離開之後還能為妳做到的事情——
再一次對妳說謊。
這次，或許不會再說一個太漂亮的謊了吧。

我的哥哥常常說謊。
騙我他旅行地球一圈，明明還沒全部繞完。
騙我他遇過妖精和耶誕老人，結果說詞反覆充滿破綻。

騙我他會一直一直在我身邊，卻在我長大前就離去。

現在突然要想——只能想像哥哥露出燦爛的笑容，張開嘴正在說什麼。

記不起來，他說了什麼。

……結果只有風，徐徐吹來。

臉頰上感受到輕拂的溫暖觸感，感覺卻有點微妙，講不出是哪裡奇怪。

我睜開眼睛，從趴著睡著的琴蓋上抬起頭，視線投向了風的來源。

白日的陽光填滿整間房間，風從打開的窗戶吹入室內，綠色的簾子翩翩捲動。

這裡是我們在臺北的住處，那間今非昔比的琴房。

直到這時，我才意識到一件事。

「風，沒有聲音……」

風沒有聲音、地上被吹動翻頁的琴譜也沒有聲音，輕敲著琴蓋的手指也沒有聲音……

就連坐在身旁輕拍我的肩膀，正開口說些什麼的哥哥也沒有聲音。

年齡差距甚大的成熟哥哥穿著白襯衫與皮褲，那是在家中很休閒的打扮，我好像很久很久沒看過了。

「哥，我不知道你想講什麼……」

我說出口的話似乎也沒有聲音，但他好像知道我想表達的意思。

不，明明有很多事想告訴哥哥。

我不明白自己現在的情緒是什麼，但真的真的好想哭——

好像我們經歷了非常漫長的旅途，最終才回到了這裡。

但哥哥只是微笑著，伸出手指抹去我眼角的淚水。接著，他掀開了琴蓋。

「你要彈琴給我聽嗎？」

他笑著點了點頭。

我從來沒聽過哥哥的現場彈奏，他彈琴的身影只能從影片中尋找。

現在，真的要彈琴給我聽嗎？

「這會不會是——」夢？

哥哥比了個叉叉按住我的嘴，最後一個字被堵在痠脹的喉嚨中。

始終笑著的他搖了搖頭，然後——十指開始在琴鍵上舞動，猶如在施展炫麗的魔法。

可是，現在不適合呀。

「我聽不到……」

不只是風，不只是說話，連琴聲都聽不到呀。

難得彈奏鋼琴的哥哥，側影包覆在閃耀的日光中。

全部都沒聽到，那以後一定會後悔的呀！

對於哭著呼喊的我，哥哥依舊開心地笑著，開口說著什麼。

沒想到，這次我好像讀出了他的意思。

「讓自己內心響起聲音？」

他點了點頭，繼續專注於彈奏中。

這，真的能辦到嗎？

所謂的音律，肯定要傾聽才能感受，光是注視著琴鍵，就能想像出音樂該是什麼旋律嗎？

但，哥哥相信我能做到。

這是他對我的考驗，我意識到這點。

我努力注視著他飛舞的十指，在心中打著譜，再勾勒出他的樣貌、他彈奏鋼琴的身影。

哥哥透過鋼琴正表演著什麼、哥哥闡述音樂的方式、哥哥想要傾訴的心情……

叮。

最終——內心敲響了第一個琴音。

接著是第二個第三個，本該沉靜的心開始變得豐富多彩。

鋼琴的旋律再度重回我的世界，不可思議地，琴音不是在耳邊迴盪，而是從我內心虛構出的那架鋼琴傳出。

那架鋼琴正在重現面前演奏的旋律，這奇妙的感受讓我相當開心，細小的十指也跟著對空氣彈奏起來。

哥哥對我的表現露出滿意的笑容，我也靦腆地笑了。

那能更進一步嗎？我膽怯地開口：「可以跟哥哥一起彈奏嗎？」

他點了點頭，空出了左邊的音域。

我小小的手指與哥哥大大的手指一同彈奏著。

笨拙的我擔心著跟不上哥哥的演出，但哥哥溫柔地放緩了速度，我們互相配合著前進。

猶如在海邊散步時，哥哥也牽著年幼的我，是有點粗卻溫暖的大手掌。

我對上哥哥漂亮清澈的眼睛，沉浸在內心的旋律之中。

明明是無聲的世界，充斥著太過刺眼的閃耀陽光，內心卻奏響起悠揚的樂曲。

我不再覺得難過，跟著哥哥露出笑容，享受著難得的兩人聯彈機會。

好希望，這首鋼琴曲能永遠永遠持續下去。

好希望，最照顧我的哥哥能繼續陪在我身邊，看著我成長、看著我成為獨當一面的鋼琴家。

這些，或許是現在的我最深的渴望。

但，終究有曲終人散的一刻。

本該不停迴轉迴轉著的鋼琴曲，最終仍有結束的休止符。

人類不可能只靠片刻的激情活下去，在其餘時間的生活中，我都得獨自面對這寂寞無比的家、失去溫暖與保護作用的家。

那才是人生，而我必須去調整自己面對這一切，才能在下一場鋼琴演奏中竭盡自我。

結束彈奏後，連心中的世界都回歸無聲。

我無法調適那巨大的反差，內心再度空蕩無比，眼眶也湧出淚水。

胸口塞滿了讓人窒息的情感，我卻喊不出來，因為在這世界中嘗試大吼毫無意義。

但——哥哥蹲在雙手揉眼哭泣的我面前，拍了拍我的頭。

「沒事的。」

我清晰地聽到了這三個字。

淚水模糊了視線，我看不清哥哥的表情。

我想要再說些什麼，但哥哥只是搖搖頭，雙手繞到我的後頸，解開了那樣物品。

在那天之後建起的心靈防護罩——那條玻璃珠項鍊被哥哥拿走了。

我發出不成聲的悲鳴，掙扎著想奪回來。

哥哥卻露出異常嚴肅的表情阻止我。他從來沒對我發過脾氣，那或許是他第一次對我生氣。

取走項鍊的哥哥起身，往房門走去。

他要離開我了！他要再次遠離我了……

我想動作，卻發現雙腿動彈不得。

我憎恨自己的無力，憎恨自己無法擊倒命運。

「真的，不願意回到我身邊嗎？」

對於我那最後的渴望，在無聲的世界中回過頭的哥哥只是無奈地笑了。

「忘掉我吧。」哥哥頓了頓，「妳的哥哥，袁少華已經死於當年的綁架案。妳的徬徨與掙扎——全都徒勞無功。」

他晃了晃手中的玻璃珠項鍊，然後放進胸前的口袋，用手輕輕捂著。

「唯有如此，妳才願意面對未來吧。」

最終，是哥哥帶著覺悟、發自內心的一段話。

「即便痛苦與難堪，妳也必須走下去。今後的人生，只屬於妳自己。」

夢，結束了。

當我醒來時，房內同樣也充滿了燦爛的日光，彷彿銜接著未完的夢境。

「哥哥……」

還沒從夢境中回過神，一時間，我不明白自己怎麼會躺在宜蘭老家的床上……

當我下意識想抓住胸口的項鍊時，卻發現自己只能抓到一片虛空。

那一瞬間，我意識到那不僅僅是夢境——更是我早已遺忘的記憶。

「啊啊……」

玻璃珠項鍊，我一直以為我戴在身邊。還是，在更久以前的時候——它就被哥哥取走了呢？

唯一與哥哥的連結，從一開始就不存在嗎？

一想到此，本該於夢中流盡的淚水再度湧現。我雙手環胸，痛徹心扉地哭著。

「嗚……哥哥……」

哭到雙眼紅腫也止不住淚水，那是囤積了許久的寂寞，與遲到了多年的告別。

我緩緩走出房間，注意到客廳落地窗旁的那架鋼琴，陽光灑落在琴蓋上，折射著晶瑩的光芒。

我不由自主地走過去，拉開琴椅坐下。想起童年時在那邊彈奏，哥哥在一旁聆聽著的平凡景色，還有夢中的兩人彈奏──我伏在鋼琴上放聲大哭。

經過多年的掙扎，這次我才真的意識到……我最愛的哥哥，不會再回來了。

已經沒有人會拉著我到處玩耍，帶我認識這個世界。

已經沒有人會挺身而出保護我，只希望我得到幸福。

已經沒有人會默默聽我彈鋼琴，期待著我爬上巔峰。

今後，我必須獨自一個人活下去。

模糊的記憶，直到此刻才全部回想起來。

哥哥就是意識到會有這一天，才會陪我彈琴的嗎？

是為了告訴我，彈鋼琴是多麼快樂、卻也多麼痛苦的一件事情嗎……

「哥哥……我好想你……」

那猶如要刺穿心口的痛苦，卻讓我好想繼續活在謊言中。

如果要經歷這些才能淬鍊出極致的琴藝——我明明不想要的呀。

第八章
記憶花園

Miss A Would Not Foretell
Her Own Death

A子不會預言自己死亡

中秋節過後，我回復了平靜的生活。

自那天默默離開後，藍華就再也沒有到咖啡店找我了。是我的計劃成功了，或者她只是單純不想來？

週五咖啡店打烊後，我獨自靠在吧檯邊沉思。

我修改了藍華的記憶。

一言以蔽之就是這麼回事，從這個月兩次做夢的經驗來看，我察覺到一個事實。

人的主觀感受並不可靠——那記憶也是如此吧。

試著回想兩年前的一件小事，你是不是能記得大致發生的順序，卻無法回憶起記憶中更小的細節？

我們的腦袋在儲存記憶的時候，沒有辦法像機器那樣完整記錄，而且在時間流逝的過程中，過往的記憶也隨時會悄悄修整。

因此，我只是利用夢境中意識更容易受影響的特性，將不存在的過往重新送入藍華靈魂深處。

我想杜撰的是，我陪藍華彈奏過鋼琴後取走玻璃珠項鍊的回憶。

並且，暗示她袁少華終究會離去。

儘管這段插入會與諸多回憶衝突，但若是我將這段夢境的暗示變得更加強烈，甚至讓它成為主體……

沉澱於腦海深處的相關記憶會自動配合修正，將之後的矛盾調整成理所當然的樣貌，最終藍華便會將那虛假認知為事實——也就是，她的哥哥已經不存在世界上了。

要如此大規模地竄改記憶，雖然A子以自己的知識判斷有成功機會，但也不確定實際可不可行。

但是——我取出了口袋裡的項鍊，凝視著天藍色的玻璃珠。

我在離開之前，也拿走了回憶中最重要的核心。

虛構也好、真實也好，我奪走了藍華的希望與執念。

當夢境中的水球不復存在，她的靈魂將赤裸地面對這個世界，而那會是她心靈最脆弱的時候。

屆時，虛構的記憶主體便得以成立。

這是非常殘忍的舉動，但這就是袁少華會做的事。

我不奢求能得到任何原諒，但身為哥哥的我，仍然希望妹妹能放下過去、活在此刻。

A子不會預言自己死亡

「並不後悔說謊，應該說一直以來都是這樣啊。」

嘴角勾起，我的視線投向坐在窗邊等候的A子。

今天的她是標準制服打扮，看來一樣是剛放學就來這邊浪費時間了。

「……」

沉默不語的少女放下厚厚的書本，慢慢走到我面前。本來我以為A子想說些什麼，沒想到她卻舉起手——

一巴掌，甩到我臉上。

那力道並不大，連巴掌聲都沒聽見，彷彿帶著責備卻又心存憐憫，很不像A子的作風。

我撫摸涼涼的臉頰，因此訝然失笑了。

「妳也打太小力啦！」

「……你在哭。」但A子只是以微帶擔憂的語氣提醒我。

真難得她會擔心我，但我在哭？

我摸向眼角——果然有一兩滴淚水滑落。

「啊……果然，還是會有點寂寞。」

該悲傷的時候早已過去，現在或許是肉體的自動反應吧。畢竟我的所作所為，不只是說謊，也是對藍華的訣別。

從今以後，我們再也沒有任何關聯。

我是劉松霖，她是袁藍華。

加害者與被害者的血親，註定無法交會的兩條平行線。

對於我那因此有些陰鬱的內心，A子的態度卻一如既往的冷淡，這反而讓我有些放心。

「你不去？」

最初藍華造訪的時候，A子也問了一樣的問題。但經歷這風波不斷的九月，我的心態卻稍微有些改變了。

「啊——去看看吧。」

既然是自己的選擇，我想在一旁默默陪伴藍華到最後一刻。

後來我主動打電話給藍華，告知她我會參加月底的慈善晚會。

「這樣呀——我會幫你轉告父親，他會很高興。」

對面那頭的藍華，語氣裡曾經有的一點親密早已消失殆盡，甚至是帶著一點尷尬的不自然。

A子不會預言自己死亡

對此我也只能露出苦笑，並且加以補充。「但我不會接受妳父親的任何上臺邀請，我只是去那個場合吃高級 BUFFET，我可以期待會有吧？」

「……嗯，那晚也會有很多政商人物出現。我會確實轉告的。」

最後藍華也以淡然的語氣作結，我們的對話便止於公事公辦，沒有更多聊家常的機會。

「唉……」

走出更衣間，準備打工的我嘆了口氣，剛好迎上了學姐的好奇視線。

「學弟，最近是不是又發生什麼事了？」

祐希學姐一如往常投來關懷小動物的眼神，但我只是裝傻回應。

「中秋節連假沒跟學姐出去玩，正後悔著呀。」

「哼，反正又是去跟你的高中女朋友約會了吧——」

本來嘲弄著的學姐，話鋒卻突然一轉。

「如果是這樣就好了，但這幾天都沒看到你妹，你是不是又做了什麼愚蠢的舉動？」

要說愚蠢是很愚蠢啦，不過在A子的提示下我也別無選擇，畢竟原本的兩條都是死路。

就連現在，我也無法確定藍華能不能迴避死亡命運。

雖然A子後來也沒再來找我，應該是沒問題了？

總覺得有些放心不下。

「啊，是挺蠢的。」

以平常的笑容加以應對，我本來想轉身開始工作——卻被學姐雙手搭住了肩膀。

「我知道你不會告訴我，學弟就是這樣的人。」

學姐那漂亮的眼眸，以認真的神情凝視著我。

「但，至少不要去做太過白痴的事情，我可不希望到時去找極光的旅伴少了一人。」

聽到學姐這麼講，我那本來鬱悶的胸口突然開闊起來。

竟然被這種信口開河的承諾給撫慰了心情，對慣於說謊的我來說可說是大忌呀。

「謝啦！」

「呀！」

我還是滿懷感激地拍了拍學姐的腰，突然其來的動作反而讓她尖叫出聲。

至於我被她大吼著性騷擾，引來客人注意導致被老闆訓斥，最後差點被扣薪這點——就算了吧。

很快的，慈善晚會那天終於到來。

由於藍華說過這算是正式的場合，我還是去買了一套便宜的西裝將就將就。事實上，宴會的地點就在臺北某間五星級酒店。

說是慈善晚會，檔次也太高了一點。不過就先前藍華說過的話也大概猜得到，袁長慶是想爭取更多社會名流的資金投入基金會，所以這個場合的層次才會拉到這麼高。

「紅地毯——很久沒走過了呢。」

我將邀請函交給入口的小姐確認，接著便踏入宴會大廳。

一言以蔽之就是金碧輝煌，結束。

我已經不是袁少華很久了，對這些閃亮的裝潢並不太有興趣，反而是對BUFFET食指大動。

不知道是不是錯覺，有些賓客似乎認出了我，因此投過來的視線帶著一點負能量。

我將群眾的微小敵意丟到腦後，反正我只是來吃喝玩樂的。

「這些美食——靠著我自己的腦袋已經難以想像了！」

當我夾起波士頓龍蝦放入餐盤時，突然冒出的小I在一旁口水直流，讓我忍不住想逗她。本來有點無聊的這一晚，倒是因為她的出現補足了這部分缺憾。

「這鮮嫩多汁Q嫩有勁的龍蝦肉，恰到好處的焗烤與醬汁，嗯——很久沒吃到這麼棒的龍蝦了呀！」

我故意在她面前啃起食物並做出評論，小I因此恨得牙癢癢。

「爹地太過分了啦！我要回去了哼！」

我難得浮現出懊惱的表情，因為我的美食之旅還沒結束耶，還沒欺負小I到爽。

走到另一個銀盤前，我夾起烤鴨準備繼續大肆評論。

「至少讓我評完這料理吧？別給我逃避喔。」

結果小I對我做了做鬼臉。

「我．才．不．要！不過也不是因為要跟爹地作對啦——」

雨衣少女浮出了煩惱的臉色，迅速躲到我身後。

A子不會預言自己死亡

這反應有點微妙，這世界上我的怪物只害怕一人。但理論上那人不會在這個場合出現，我順著小Ｉ的視線看過去——

剎那間，只能用目瞪口呆形容。

站在不遠處跟其他賓客淡然微笑著交談的，是一位黑髮及腰的動人少女。對方有著熟悉的樣貌，但那社交用的禮貌微笑及語氣，卻是我從未見過的……雖然還是有點冷淡的感覺。

而且，少女身上也不是平常看慣的制服或便服。

舉止優雅的她穿著一件無袖露肩的深黑禮服，加上頭上的花鳥髮飾，成為慈善晚會中過於奪目的一朵黑玫瑰。

少女的美貌理應吸引全場的注意，但她自知不是今天的主角，只是隱沒在賓客中，卻又默默散發出神祕的耀眼光輝。

不管是代表誰出席，她的出現恐怕意味著那個勢力非常重視這個場合，我有這樣的預感。

她就是Ａ子。我從未看過的，「身處於另一種生活中」的Ａ子。

「難道不只是要來看藍華而已……」

我突然察覺到了，Ａ子三番兩次叫我出席的用意。

這裡或許是一個我必須出現的時間點——因為這也跟她的命運有關。

「只是想炫耀她那件貴得要死的禮服啦。」但小Ｉ的吐槽打破了這緊張感。

「呃。」

我實在不知道該怎麼回答，小Ｉ又做了最後一個鬼臉，接著就乾脆地消失了。

搞不好她也想穿穿看那種禮服，我好像猜到她生氣的原因。

總之，少了小Ｉ的打擾，我開始猶豫要不要去跟這位社交的Ａ子打招呼。

以我的身分，恐怕不妥當吧。

但與我的想法相反，Ａ子似乎注意到我了，可是在她朝我走過來的瞬間——

宴會廳突然暗了下來。

「很抱歉，打擾了各位的用餐。」

略帶滄桑的男性聲音從主舞臺的方向傳來，我則對那熟悉的聲音心中一凜。

我不用思考就能認出站在舞臺中央的西裝男子，但還是對他比多年前更加蒼老的樣貌感到不自在。

雖說如此，那叱吒商場而彷彿能看穿一切謊言的雙目，還是保持著幾絲鋒利。

他是袁長慶，我的父親。

袁長慶露出了笑容。

「我們都不喜歡冗長的致詞，所以我開場也只講了一點，現場的年輕人更想吃東西吧，吃飯比皇帝大啊。」

袁長慶的玩笑話還是讓大家配合著笑出來。

確實如他所言，這個現場還有很多看起來比我更小的孩子，大概最多就到國中年紀吧？

是他的基金會輔助的對象吧，或許是想透過照顧這些孩子去分散自己的注意力。

「還請繼續享用餐點，不過也希望各位可以聆聽一下——作為晚會的開場表演，我那寶貝女兒的鋼琴曲。」袁長慶露出了稱得上是柔和的笑容，「為了這天，藍華準備了一段時日。女兒的琴藝還需精進，但我保證她會帶來精彩的鋼琴演奏。」

說話是很客氣，但藍華的成就在高中生的年齡已經很了不起了。會出席這個場合的大概多少也聽過袁藍華的故事吧，當她踏上舞臺時，全場立刻給予熱情的掌聲。

今夜的袁藍華，以美貌和穿著來說肯定不輸A子。

那是一襲矢車菊藍的典雅長禮服，跟A子有些強調纖細身體曲線的大膽設計相比，藍華的禮服風格比較隆重保守。

剛上臺時藍華的神色還有些緊張，不過在她握住麥克風深呼吸一口氣後，倒是漸漸找回了對舞臺的自信。

這點，似乎跟月初我看到的藍華不太相同。

「各位晚安——我是袁藍華，袁長慶的女兒。」

全場的目光投注在她身上，藍華則帶著微笑繼續致詞。

「首先要謝謝各位蒞臨今天這個重要的場合，不管是華馨基金會的可愛孩子們、臺北市市長與立法委員、各位成功企業的代表，大家對於基金會的運作都出了很多力，幫助更多失學孩子與家庭……」

看來她跟基金會的小孩感情不錯，還朝他們聚集的那一區揮手打招呼。

「作為開場第一項表演，事前我原本很擔心，想著能不能把最好的一面呈現給大家。大家都知道，我是一位很容易緊張的人，有時候緊張到連衣服都會穿反。」

藍華對自己開了個小玩笑後，話鋒突然一轉。

「但這一個月來，我想──我的心境稍微改變了。」

我的心一緊，臺上藍華的目光並不可能直接投向於我，但感覺卻像她正站在我面前凝視著我。

「因為發生很多事情，我修改了預定的表演節目。這次我不彈奏我喜歡的蕭邦，而是一首自編鋼琴曲。」

看來這不在演出計畫表上，臺下稍微出現了一些騷動。

藍華依舊掛著平淡但自信的笑容，繼續宣告。

「但在表演之前，請容許我說一下這首鋼琴曲的由來。」

少女沉默了許久，再次開口時已帶著毅然的表情。

「──我已經很久，沒聽到我哥的聲音了。」

這句話成功讓現場靜了下來。

「這個社會有太多紛擾，加上多年前的遺憾，我至今仍不曉得該稱那為『仇恨』，還是『後悔』比較多。

「自那之後我並非失去聽力，但我選擇只去聆聽自己想聽的事物。像是古典樂的旋律、大自然的海浪聲與鳥鳴等……

「我，對於人類製造的『噪音』深感厭惡。」

少女停頓片刻，彷彿在凝聚大家的情緒。

「我只能努力封閉起自己對外界的感觸，否則——我或許會跟媽媽一樣，變得無法輕易接受這個現實。

「但是，這個月我回想起很多事情。包括，小時候與哥哥一起彈奏鋼琴的回憶。」

藍華單手貼在胸口，以帶著感性的語氣闡述。

「我沒有回想起完整的記憶，甚至連鋼琴旋律都有些殘缺。可是記憶中的哥哥，總是帶著溫柔的笑容。

「我不清楚你們認識的『袁少華』是什麼樣的樣貌，但在我眼中——他永遠都是照顧妹妹的好哥哥。

「這樣的哥哥崇尚自由，他不會鼓吹暴力與仇恨，因為那跟樂觀生活的他價值觀截然相反。」

漸漸的，藍華的面容變得嚴肅，本該柔軟的聲音也變得強而有力。

「儘管我微不足道，也無法以一己之力去改變這個社會。我還是希望並呼籲，不管是媒體或者個人，都能輕輕放下對我與他、加害者與受害者親屬的關注。」

感覺到有部分視線轉移到我身上，我故意擺出微笑。

臺上的藍華，則是露出更加凝重的神情。

「喧嘩與沉默或許都是一種暴力的形式，我至今也沒辦法放下對凶手的怨恨，或許一輩子都不可能吧。只是，傾聽著那些雜音並沒有辦法前進，那肯定——也不是我哥的期望。」

藍華的雙手緊握住架上的麥克風，視線彷彿貫穿了在場所有人。

不管他們的內心是認同或訕笑、善意或惡意——唯有少女的決心，已經無法被撼動。

「我想，這也是爸爸成立基金會的目的。放下社會上過多的仇恨與成見，做我們能做的。或許，這真的很難很難，所以今晚我才會站在這裡。」

放下方才認真的那一面，藍華重新露出溫柔的笑容。

「我試著回想哥哥當年彈給我聽的旋律，編撰了一首鋼琴曲。這首鋼琴曲我取名為《Serenity》，也就是寧靜——與平和。也期許，這首鋼琴曲的心境能傳達給大家。」

語畢，現場隨即響起了掌聲，我則是默默點頭。

妹妹——也成長了啊。讓人不捨，但經過這一個月後，她確實變得更堅強了。

沐浴在掌聲中的藍華走到鋼琴前坐下，她的面前並沒有擺放琴譜。

那首鋼琴曲旋律，似乎早已刻印在她心中。

本來表演前習慣緊握的玻璃珠項鍊也不見了，但她仍是閉眼做出默默祈禱的動作。

緊接著，演奏開始了。那是一首比想像中平和的溫柔鋼琴曲。

並沒有特別突出或炫技的部分，但猶如浸泡在湛藍溫暖的海水裡沉浮，相當舒服而動人。

實際上——洩漏出的夢境也確實反映著藍華的想法。

這次，並不是燃燒著火紅意志的孤挺花。

而是柔和的、平靜盛開的大片矢車菊——

那是藍華名字的由來，母親當年在德國學習音樂時，日日所見的那片田園景色。

我閉上眼，回想起那場虛構的回憶。

在那什麼都聽不到的房間中，與小藍華坐在一起。小手與大手，四手聯彈。

光芒流轉，時間彷彿停留在虛構的那一剎那。

並非永恆、也非真實。

但對藍華與我來說——卻是能被她那片記憶花海留下的片段美好回憶了吧？

沉浸在情緒中的藍華也微微勾起嘴角，此刻的她享受、陶醉於最愛的音樂當中。

這次曲終人散後，我相信她能繼續提起勇氣，面對這過於現實、過於殘酷的無聊生活。

我們確實虛度了太長久的時光，沒有好好傾聽自己內心聲音的機會。

《Serenity》彈奏結束後，現場仍沉浸在鋼琴曲創造出的平靜中。

沉默了數秒才爆出驚人的掌聲，幾乎可用震耳欲聾來形容。

在久久不散的掌聲中，藍華對著大家鞠躬致謝，接著款款走下臺。

但她並非走去幕後休息。

無視眾人的目光，她漫步到我身邊，踮起腳尖，在我耳邊輕聲說道。

「項鍊就給你保管了。」

「啊……」

對著我投以可愛的笑容後，藍華便轉身離去。

果然，還是騙不過能讀取記憶的她。

不過望著妹妹腳步輕鬆的背影——我感到一陣輕鬆，終於能好好放下心了。

晚宴大吃了一頓，我在過於漂亮的廁所小便後，「恰好」遇到了袁長慶，現場也剛好只有我們兩人。

因為自己是用著劉松霖的肉體，其實跟他也沒什麼好談的。原本以為父親要問什麼，但對方也保持著沉默。

但是，當我注視著洗手臺的鏡面時，還是忍不住嘴幾句。

「令千金漂亮又出色，應該是很多男孩心儀的對象吧。不過——還是希望你能多陪伴她。」

對於我那過於無禮的話，袁長慶並沒有生氣，反而露出了爽朗的笑容。

「我明白，這幾年我對藍華虧欠很多。」

話鋒一轉，他竟稱讚起了我。

「你也是啊，長得如此好、成績又好，這樣——真的很了不起。」

我們對視了片刻，袁長慶突然提出了邀約。

「如果你願意的話，我希望基金會能給予你輔助，讓你去國外就讀。」

非常誘人的邀請耶。但我想了想，還是回以禮貌的微笑。

「不用了，我希望到我這一代已經互不虧欠。我過得很好——也很自由。」

「自由」這兩個字讓袁長慶愣了愣，然後笑得更大聲了。

那抹笑容帶著滄桑和無奈，但似乎，也有點開心。

「這些話——很像我那笨兒子會講的啊。」

「是嗎？」

我也笑了，最後還是我先說了聲不好意思，腳底抹油迅速溜走，結束了這場不知道該怎麼評價的重逢。

雖然父親疏於陪伴藍華，我對此有些意見，但他還是個很了不起的大人——仍舊努力撐住了那個家。

如果我再跟他多講下去，恐怕會不小心掉淚吧。

離開了廁所，我選擇到這層樓外的露天天臺看夜景。

在柔和的水晶樂中，除了我之外也有一些賓客在此閒談，還算是平和的景色。

我望著護欄外的臺北夜景，想起之前在一〇一觀景臺時，A子提到關於我的死亡預言。

總算，能夠輕鬆一陣子了吧？

彷彿找到了最佳的時機，那朵高雅的黑玫瑰默默站到了我身旁，也不知道是從什麼時候開始跟蹤我的。

我笑著問道：「妳喜歡這種場合喔？」

「……不。」

也是，雖然應對看起來很得體，但感覺A子只是無聊地配合著。

「我沒想到妳會出現在這裡，一切都是計算好的啊？」

「嗯。」

竟然沒有否認，不過如果藍華的事件結局只是其中一環，那她今天要我過來的用意又是？

「所以，妳只是想炫耀那件貴的要死的禮服？」

A子不會預言自己死亡

「……」

我故意偷了小I的玩笑話，A子看起來又氣噗噗不說話了。

「妳在這裡啊？我還以為妳先走了。」

陌生的男聲突然傳來。

我順轉頭看過去，站在我們身後的是一位相貌英俊、西裝筆挺的眼鏡中年男子。

雖然看上去年齡有四十以上，臉部與修長的身材仍保養得宜，有著斯文的臉蛋但骨架偏大，看上去氣勢十足。

但這只是外貌呈現的感覺。

不知道為什麼，我的內心升起一股危機感，本能在告訴我不宜跟這男人有太多接觸。

因為從對方的雙眼，我看得出跟我老爸相比也毫不遜色的老奸巨猾。

而且我似乎知道這個人，印象有點模糊，但是……

或許，他就是A子要我接觸的對象。

「沒有，出來吹吹風。」

對於男子的詢問，A子簡短地回答。

「那我就放心了，旁邊這位是——」

男子是真心不知道我的身分還是故意問的呢？那得體的笑容實在讓人猜不透。

但A子還是得回答男人的問題吧？我想大概最多會說是朋友，恐怕難聽點還會被說成來搭訕的醜男。

「男朋友。」

……呃。

男人一點都不訝異，不過投射在我身上的眼光倒是多了幾分評鑑。

「看來是不錯的對象呢，妳媽也希望妳過得幸福。」

男子還是保持著親切的笑容，但我開始覺得有些厭煩，因為那只是應對大眾媒體的虛假笑容。

A子也是，轉身看向夜景，不再理會他。

兩人的關係似乎不太好。

我吞了口口水，以前想過某種麻煩、但實際卻更加可怕的可能性竟化為真實。

「冒昧問一下，你是——？」我趕快插話詢問。

男人朝我伸出手，一邊禮貌地握手一邊回答。

「抱歉，現在才自我介紹，但你多少也在哪裡看過我吧？」

不想看也會看到，就在吃飯時的電視新聞上。

男子推了推眼鏡，以大人成熟的姿態說道。

「我是立法委員——李騫。」

他的語氣仍舊和善，卻默默散發出不容妥協的魄力。我的臉色僵硬，下意識向後退了半步。

「不知道她有沒有跟你聊過？為了安全考量，我不太讓女兒出現在公眾場合。」

A子的父親是立法委員，這玩笑可大了。

但想想那棟高級大樓與山腳的別墅，本來就能猜到她的家庭背景一定不平凡。

「身為養父，我對她母親有很深的虧欠，所以我想至少讓她不受媒體打擾。今天主動說要來，原來是想見男朋友啊。」

男子露出深沉的笑容，讓人分不清接下來的話是幽默還是認真的。

「但醜話還是說在前頭吧，我對於女兒交往對象的標準可很嚴格的喔？」

我的內心不只震撼於A子父親的身分及兩人沒有血緣關係這點，還有那過於可怕的猜測。

不，絕對是真實。

我彷彿看到在男人那紳士有禮的笑容後方，蠢蠢欲動的陰影張牙舞爪，一點一點吞噬了身旁的養女。

這男人，恐怕是利用A子窺視命運軌跡的能力，才爬到了如今的政治高位……

——同一時間，某處。

名為命運的齒輪，已經喀喀作響起來。

即便很快就會被現實鏽蝕，不再轉動——少女心想。

滴滴答答。

在那座雨不停落下的城市，撐著傘的雨衣少女行走在其中。

被細雨包覆的與其說是城市，不如說是曾有著城市樣貌的廢墟。

建築斑駁殘破、藤蔓破窗而出，柏油路坑坑洞洞積滿雨水。

城市的街景灰暗朦朧，人去樓空——或者說，從一開始就只是創造出來等待遺棄命運的空殼。

少女抬起頭，注視著灰濛濛的天空。不管造訪這裡多少次，既存的現實都不會改變。

「只是，偶爾來這邊散散心也不錯……」

喃喃自語的她索性收起傘，張開雙手，沐浴在不大的雨勢中。

冰冷的雨水打在臉頰與睫毛上，卻無法流進乾渴的內心。

只是想去這麼做，彷彿這樣就能洗淨自己犯下的錯誤。

跟現實的那座城市不同，即使多雨，最後總會有陽光造訪那擁擠忙碌的都市。

而這裡永遠下著雨，永遠不會停。

彷彿暗示著某人的心境，自離別後就不再迎來曙光。

「啊哈哈，我可不能在爹地面前露出這副沒用的樣子。」

雨衣少女無奈地笑出聲，雨聲綿綿，無法聽出裡面是否參雜了哽咽。

「就算徒勞無功，就算爹地只能在迴圈中掙扎——」

水滴滑落的側臉，也分不清楚是雨水還是淚水。

「就算——是我在對爹地說謊。但只有扭曲的謊言，才能成就我的存在。」

所以，她只能繼續說謊。

讓最愛的家人痛苦，繼續深陷在無解的輪迴中。

那就是她之所以為怪物的理由。

再次撐起傘的雨衣少女，半透明的背影漸漸遠去，最終消失在朦朧的雨幕之中。

——《A子不會預言自己死亡02》完

後記

Miss A Would Not Foretell
Her Own Death

A子不會預言自己死亡

And I know, I'm not alone, you'll be watching over us.
Until you're gone.

寫後記的時候想起了某首歌曲的這句歌詞，或許能做為第二集的一點小註解。

對我來說，第二集開始時我也隨之航向未知的宇宙，以前網文版累積的十多萬字在學姐線結束後有了完全不同的展開。

但在跟編輯討論決定砍那些字數時倒是半點猶豫都沒有，只為了想寫出心中更美麗的故事。

雖然很辛苦，但真的很值得。重寫雖然改了大部分的設定，卻也更加找回這系列的初衷。希望經過第一集學姐故事的你們能更喜歡這集的A子，特別就是A子，她將會展露出更不一樣的可愛個性。

還有，也因為妹妹是特別有趣的角色呀。不管哪部作品的妹妹，寫起來都非常開心，管她是圓是扁、是雙馬尾還是公主頭。

人總是會嚮往自己沒有的事物呢，一想到此不禁有點悲從中來。

這次還是要感謝出版社和第二集撰寫期間提供非常多重要意見的編輯，可以說若是缺少與編輯的不間斷討（叨）論（擾），就不會有脫胎換骨的第二集誕生。

A_maru 老師這次繪製的封面A子則是充滿魔性呢。是說兩集封面放在一起的話，或許讀者也能察覺到下一集封面會是什麼風格也不一定。

午夜藍

高寶書版集團
gobooks.com.tw

輕世代 FW341

A子不會預言自己死亡 02

作　　者　午夜藍
繪　　者　A_maru
編　　輯　林雨欣
美術編輯　林鈞儀
排　　版　彭立瑋
企　　劃　方慧娟

發 行 人　朱凱蕾
出　　版　英屬維京群島商高寶國際有限公司臺灣分公司
　　　　　Global Group Holdings, Ltd.
地　　址　臺北市內湖區洲子街88號3樓
網　　址　www.gobooks.com.tw
電　　話　(02) 27992788
電　　郵　readers@gobooks.com.tw（讀者服務部）
　　　　　pr@gobooks.com.tw（公關諮詢部）
傳　　真　出版部　(02) 27990909　行銷部 (02) 27993088
郵政劃撥　50404557
戶　　名　三日月書版股份有限公司
發　　行　三日月書版股份有限公司/Printed in Taiwan
初版日期　2020年 9 月
二刷日期　2020年12月

國家圖書館出版品預行編目(CIP)資料

A子不會預言自己死亡 / 午夜藍著.-- 初版. --
臺北市 : 高寶國際, 2020.09-
　冊； 公分. --

ISBN 978-986-361-876-8(第2冊 : 平裝)

863.57　　109008704

三日月書版

三日月書版

GOBOOKS & SITAK GROUP©